USA Today Bestselling Author

Dale Mayer

A SEALS OF HONOR NOVEL

LÉGION D'ACIER

08-La Grande Révélation

La Grande Révélation, Légion d'acier, tome 8
Beverly Dale Mayer
Valley Publishing Ltd.
Traduit de l'anglais par Violette Vernet et Valentin Translation.

ISBN-13 : 978-1-773367-03-3
Format Print

Résumé du livre

Deux unités militaires de huit hommes chacune ont été envoyées à bord de deux véhicules pour ce qui n'aurait dû être qu'une mission de reconnaissance banale, à Kaboul. La mission s'est soldée par une catastrophe, quand l'une des unités a roulé sur une mine anti-tank. Badger Horley, le chef de l'équipe des SEAL, ainsi que six de ses hommes ont été gravement blessés. Le huitième homme est mort. Seulement, voilà. Le matin de l'accident, les itinéraires ont été changés sans explications ni informations sur la personne qui a autorisé ces nouvelles directives. Jusqu'à l'explosion de cette mine, Badger s'est senti mal à l'aise avec ce changement de dernière minute, mais il n'a pas envisagé de raisons criminelles. Maintenant qu'on a tenté de détruire son équipe, cela devient personnel. Badger et ce qu'il reste de son escouade refusent de prendre du repos tant qu'ils n'auront pas découvert ce qui a entraîné cette tragédie et tué l'un des leurs. Pour cette Légion d'acier, la vengeance n'attend pas…

Kat Greenwald, prothésiste de métier, est amoureuse de Badger Horley. L'ancien soldat des SEAL est l'amour de sa vie. Mais elle est aux premières loges pour témoigner des craintes et des difficul-tés à s'engager dont souffrent au quotidien Badger et ses plus proches amis, anciens membres des opéra-tions spéciales de la Navy. À l'occasion de leurs retrouvailles hebdomadaires, les femmes amoureuses de ces anciens soldats s'ouvrent les unes aux autres sur leur envie de mariage et d'enfants.

Plus de deux ans auparavant, Badger a été gravement

blessé quand le camion de son équipe de huit hommes a roulé sur une mine anti-tank. Si son équipe et lui ont enfin découvert la vérité derrière ce coup monté dévastateur, Badger est conscient de son avenir précaire. Sa santé pourrait décliner à tout moment et il tient à ce que Kat puisse s'en aller si tout se dégradait. Il ne veut surtout pas de pitié, et encore moins de la part de celle qu'il aime. Dans un monde idéal, il lui aurait fait sa demande dès le jour de leur rencontre. Mais dans le monde où il évolue, mieux vaut les craintes que les regrets.

Cependant, Kat n'est pas le genre de femme à redouter les difficultés, et elle est prête à se jeter dans l'inconnu, tant que son vœu le plus cher devient réalité.

Inscrivez-vous ici pour être informés de toutes les nouveautés de Dale !
https://geni.us/DaleNews

PROLOGUE

K AT ÉTAIT BLOTTIE sur le canapé de Badger, dans leur maison. Dennis, le frère d'Allison, du département de police de Santa Fe, venait juste de partir après avoir pris leurs dépositions qu'il ferait reprendre au propre et qu'ils signeraient ensuite. Tous les autres avaient choisi de rester. Pour Kat, c'était la fin d'un cauchemar qui avait duré six semaines. Et même un peu plus longtemps, en réalité. Elle peinait à croire que Badger et son équipe aient fait tout ce chemin en si peu de temps.

Elle se blottit contre Badger tout en caressant Dotty. Kat avait emménagé chez lui un mois et demi auparavant et elle se sentait autant chez elle que chez lui, comme si elle avait trouvé sa maison. Et Dotty approuvait aussi sa présence. Kat avait toujours sa propre maison, mais elle l'avait mise en location. Elle n'était pas certaine de savoir ce qu'elle voulait en faire sur le long terme mais elle n'avait pas l'intention de prendre cette décision dans l'immédiat.

Il s'était passé beaucoup d'événements en très peu de temps. Il lui manquait encore quelque chose mais elle savait que Badger avait toujours peur de s'engager. Comme il avait devant lui une vie entière de problèmes physiques, il ne voulait pas qu'elle se sente redevable de quoi que ce soit. Un pareil raisonnement lui paraissait stupide, parce qu'aimer, c'était prendre soin de l'autre, quelles que soient les circonstances. Fidélité, secours, assistance, c'est ce que l'on se promet en se mariant…

Assise contre lui, un plan commençait à prendre forme dans son esprit. Elle s'était redressée et Badger la regarda, l'air perplexe, avant qu'elle ne se blottisse à nouveau dans le canapé. Kat n'osa pas lui dire ce à quoi elle était en train de penser parce qu'avec les personnes comme Badger il valait mieux que certaines choses se fassent à leur insu.

De là où elle était installée, elle pouvait voir Honey et Allison. Cette dernière était policière, comme son frère, et avait été un sacré bonus pour leur groupe. Sept hommes, sept femmes. Qui aurait cru qu'une telle chose puisse être possible ? Et si rapidement en plus de ça ? Certains des couples se connaissaient depuis longtemps, comme Clary et Talon ou encore elle et Badger, même Honey et Erick d'une certaine façon, mais Jager et Allison, Geir et Morning, Laszlo et Minx, et Cade et Faith ne s'étaient jamais rencontrés avant qu'ils ne se soient lancés dans cette aventure. Mais, parfois, les bonnes choses ne perdent pas de temps.

— Alors est-ce que c'est fini maintenant ? Tout le monde a eu les réponses qu'il lui fallait ? Je dirais bien qu'il faudrait qu'on passe à autre chose mais je pense qu'on a tous besoin d'en parler encore quelques jours ou jusqu'à ce que ça se calme, fit-elle remarquer sur un ton paresseux.

— La conversation risque de continuer encore un moment, j'ai eu le gros des réponses dont j'avais besoin mais je ne pensais pas que quelqu'un puisse devenir aussi tordu…, dit Jager à mi-voix.

Allison acquiesça, blottie contre lui, sa tête contre son épaule.

Kat regarda Jager en souriant.

— En parlant de décision, j'ai jeté un œil à ton dossier et

je crois que je peux t'aider à gagner en mobilité avec des prothèses plus avancées !

Le visage de Jager s'illumina et Kat leva une main pour tempérer son enthousiasme.

— Il faudra qu'on prenne quelques mesures et arriver au bon design pourrait prendre du temps. Tu étais le seul membre de l'équipe que je pensais ne pas pouvoir aider mais à présent, j'ai une idée qui pourrait peut-être marcher.

Jager tendit la main et Kat s'en saisit, la serrant doucement puis se tourna vers Allison.

— Tu as aussi des décisions à prendre, pas vrai ?

Allison rit.

— C'est vrai que depuis j'ai rencontré Jager, elles s'accumulent. Pas juste pour savoir où je vais vivre mais aussi ce dans quoi je veux travailler.

— Qu'est-ce qu'on adore ce genre de moment où on doit prendre de grandes décisions ! Je sais que ce n'est pas vraiment le moment, mais j'ai eu des nouvelles du galeriste de San Diego qui est tout à fait ravi. Il a déjà prévendu les quatre tableaux que je lui ai proposés, s'interposa Morning en riant.

— Prévendu ? s'étonna Badger.

Morning hocha la tête.

— Il les a montrés à un collectionneur privé qui veut acheter les quatre toiles. Mais ce que le galeriste lui fait payer, c'est absolument incroyable ! Je suis encore choquée, parce que je ne savais pas que des gens étaient prêts à payer autant.

— C'est toujours pas assez cher, bientôt ça vaudra bien plus, dit Geir en pouffant.

— Je ne connais rien à la valeur de l'art, j'ai vraiment pas la fibre artistique, mais j'admire vraiment les gens qui peuvent créer de merveilleux tableaux et l'acheteur doit être de mon avis, fit Honey.

— Je ne sais pas si elles sont si belles que ça, mais j'ai la pression maintenant, celles que je vais faire pour l'expo à l'automne devront être du même calibre. Plus de 10 000 dollars le tableau… honnêtement, je suis estomaquée…, poursuivit Morning.

— Wahou ! Tu viens vraiment de gagner le salaire annuel d'un prof en vendant quatre tableaux ! s'ébahit Kat.

— Continue comme ça ! l'exhorta Honey.

Morning rayonnait.

— Je sais, c'est incroyable.

— Je crois qu'on en est tous rendus à un moment où l'on doit prendre des décisions. Ça a été une sacrée aventure mais je ne suis pas fâché qu'elle se termine, dit Cade, installé dans un grand fauteuil, Faith étant à moitié avachie sur lui.

— Bien dit ! Ça va faire six semaines que Badger a insisté pour qu'on parte en Angleterre, c'est à peine croyable, fit Talon.

— Je sais ! Mais même moi je ne m'attendais pas à ce que nous allions trouver au bout de la piste. Ça me brise le cœur. Mouse avait eu l'air d'être un si bon gamin, déplora Badger.

— C'était un bon gamin mais il est devenu un homme brisé et il me faudra longtemps pour surmonter la perte du garçon que je connaissais, dit Minx, l'amie d'enfance de Mouse qui était encore plus traumatisée que les autres par les événements de la veille au soir.

— Il nous faudra tous du temps, il nous faut nous faire à l'idée que celui que nous prenions pour Mouse n'était pas l'homme qu'il était et il nous faudra faire notre deuil de l'homme en lequel nous avions cru. Et puis, il faut qu'on recontacte Mason pour savoir comment Mouse a pu prendre la place de Ryan Hanson et comment Poppy a pu hacker la base de données de l'armée, soupira Laszlo.

— Ça a dû être très compliqué de s'organiser pour pouvoir se frayer un chemin jusqu'à son métier de rêve sans vouloir être prêt à mettre le temps et l'effort nécessaire pour y arriver de plein droit. Et ces tueries insensées…, rappela Badger.

— Mais, comme on le sait tous, très peu de gens arrivent à passer les sélections BUD/S.[1] L'entraînement est impitoyable, il faut une endurance affreuse et Mouse savait qu'il n'avait probablement pas les capacités nécessaires s'il tentait à la régulière. Mais il avait passé sa vie à obtenir ce qu'il voulait par des moyens détournés. C'est bien pour ça que sa relation avec Poppy a pu durer aussi longtemps. Poppy avait été dans la Marine et il y avait gardé des contacts et même s'il n'avait jamais été SEAL lui-même comme il l'avait dit à Mouse, il avait à disposition beaucoup de gens qui pouvaient aider Mouse à arriver à ses fins et, malheureusement, l'argent peut pratiquement tout acheter, regretta Geir.

— Mouse a pris de sacrés risques par contre… Parce que faire sauter un camion de l'armée et espérer en sortir indemne, c'est beaucoup demander, remarqua Kat.

— Je sais et ça m'a toujours tracassé qu'il ait été le seul à mourir à la suite de notre accident. Je n'ai jamais bien su quelles avaient été ses blessures mais j'aurais dû me renseigner. On n'a jamais discuté avec l'équipe médicale et on n'a

---

[1] Tous les SEAL doivent participer et sortir diplômés d'une formation de vingt-quatre semaines à la « "A" School », connue sous le nom de « Basic Underwater Demolition/SEAL school » (BUD/S), une formation de base en parachutisme suivie d'un programme de 18 semaines du « SEAL Qualification Training » (SQT).

jamais été au courant de qui était l'homme qui a échangé les corps, dit Badger.

— Il n'avait pas besoin d'échanger les corps, seulement les bracelets d'identification. Tu sais combien l'Afghanistan était difficile pour nos troupes et comme c'était difficile de s'occuper de nos défunts. Le complice de Mouse a pu se servir dans une morgue improvisée au milieu du désert et échanger les bracelets. Personne ne savait, personne ne s'en souciait, je ne sais pas si on tirera cette histoire au clair un jour mais ça risque d'être un sacré choc pour la famille de Ryan s'ils apprennent la vérité, fit Erick.

— Je me demande si les galonnés arriveront à découvrir la vérité. On doit faire le nécessaire pour retrouver le corps de Ryan et lui donner une sépulture décente, rien que par égard pour sa famille, acquiesça Laszlo.

— Et je voudrais pouvoir tourner la page de ce côté-là, c'est injuste pour sa famille de ne pas être au courant, approuva Geir.

— Bien d'accord, mais on pourrait très bien ne jamais parvenir à le localiser à moins de ne trouver l'information dans les archives de Poppy. Ce qui est tout à fait possible connaissant son obsession pour tout documenter mais ça nous prendra des semaines pour ne pas dire des mois pour passer tout ça en revue. Et ça inclut aussi des informations sur les « relations » de Poppy, si on peut dire ça comme ça. Et il en a eu des quantités, la plupart n'ayant rien de très… engageant, fit remarquer Cade.

— Mouse a toujours été quelqu'un de très déterminé et c'est dur de se dire qu'il a concentré toute cette détermination dans des objectifs aussi sordides…, regretta Minx.

— Il ne devait pas y avoir que ça. Mouse avait un fantasme, un rêve mais il voulait absolument être quelque chose dont il était incapable, il voulait être un SEAL, quelque chose dont il pouvait être heureux et fier. Même s'il n'avait pas réussi lui-même, il s'était persuadé qu'il était tout de même un SEAL et quand ça a manqué de se retourner contre lui, il a dû faire quelque chose pour empêcher que ça se sache et qu'il soit percé à jour. Le plus simple revenait à faire semblant de mourir et s'en tirer avec des funérailles honorables mais survivre à une explosion et endurer tout le parcours de rééducation seulement pour venir nous achever, c'est vraiment tordu, fit Talon.

Kat se leva d'un bond et Dotty la suivit.

— Je vais faire du thé glacé, puis aller nager un moment, la conversation commence à m'être un peu pesante, fit-elle.

— Il y a des restes d'hier soir ? demanda Badger.

Elle acquiesça.

— Oui, et s'il y a besoin on peut toujours préparer d'autres choses pour ce midi aussi…

Immédiatement, la conversation devint plus légère.

KAT ENTRA TOUT sourire dans la cuisine. La maison de Badger était absolument fantastique et parfaite pour accueillir ce genre de grand rassemblement. Elle alluma la bouilloire et, plutôt que d'ouvrir le réfrigérateur pour voir ce qu'il y restait, elle franchit les doubles portes vitrées et se dirigea vers la piscine. Dotty la suivit avec joie.

Au bout du jardin se trouvait une vaste zone en herbe et Kat se demanda si cela conviendrait pour ce qu'elle avait prévu et si elle pouvait mener à bien ce qu'elle avait en tête seule. Mais, pour le coup, elle aurait besoin d'aide. Alors elle envoya un message à Stone. Il était depuis longtemps l'un de ses patients et lui avait toujours dit que si elle avait besoin, elle ne devait pas hésiter à appeler. Peut-être que ce n'était pas la raison à laquelle il pensait, mais elle le contacta.

J'aurais besoin d'un coup de main.

Qu'est-ce que je peux faire pour toi ?

Tu sais que je serai toujours là pour toi...

Je voudrais organiser un truc dans quelques mois. Il me faudra sûrement pas mal de temps pour planifier ça.

Planifier quoi ?

Kat rit et lui expliqua en quelques mots l'idée.

Tu es d'attaque ?

Ah, ça, non...

La réponse de Stone avait été pratiquement immédiate et fit rire Kat.

Tu te dégonfles ?

Ah, ça, oui. Parce que c'est pas sans consé-quences...

Kat était encore amusée lorsqu'elle envoya le même texto à Ice.

J'aurais besoin d'un coup de main.

Ice répondit aussitôt.

Explique…

J'ai un projet. Pour dans trois mois.

Quel genre de projet ?

Kat expliqua et immédiatement, Ice lui répondit :

J'en suis, ne t'inquiète pas.

Et je vais mettre Levi dans le coup.

Kat jeta un coup d'œil à l'intérieur et de voir le groupe la fit rire et elle riait encore lorsqu'elle rentra. Badger la regarda avec un air interrogateur.

— Mais qu'est-ce que tu mijotes ?

Elle essaya de reprendre contenance et sourit.

— Rien du tout ? Qu'est-ce que je pourrais bien faire ?

Il la jaugea.

— On dirait que tu caches quelque chose et, à mon avis, ça ne vaut rien de bon…

— J'imagine qu'il faudra que tu attendes pour que je te le dise…

Après un dernier regard pour le jardin, elle se fit la réflexion qu'il serait bien assez grand pour y organiser un mariage.

CHAPITRE 1

UNE SEMAINE PLUS tard, Kat entra dans la pièce en sifflotant. Badger la regarda d'un air suspicieux. Elle était tout simplement rayonnante, et elle l'était depuis qu'elle avait commencé à envisager la possibilité de ce mariage.

— Tu ne m'as toujours pas dit ce que tu mijotais, fit-il remarquer avec douceur.

Kat le regarda innocemment.

— Je ne mijote rien, est-ce que je ne peux pas juste être heureuse ?

Il grogna.

— Ça fait dix fois que je te demande ce qui se passe et à chaque fois tu me dis la même chose !

— Alors peut-être que, maintenant, tu vas finir par me croire. Je t'ai déjà dit à quel point j'aime ta maison ? dit-elle en riant alors qu'elle s'asseyait sur la chaise longue à côté de la sienne.

— Au moins deux fois par jour, dit platement Badger en tendant la main et Kat la prit dans la sienne en se redressant.

— C'est vraiment chouette de retrouver un havre de paix à la fin de la journée de travail.

— Tu as l'air plus fatiguée que d'habitude, fit-il remarquer et l'inquiétude était perceptible au ton de sa voix.

Elle secoua la tête.

— Ah, tu ne vas pas commencer à t'inquiéter pour moi,

je vais bien, assura-t-elle avec fermeté.

— Mais je ne commence pas à m'inquiéter… je me suis toujours inquiété pour toi…, admit Badger en riant.

Souriant, elle tourna la tête pour pouvoir admirer son visage aux traits fins.

— C'est moi qui me fais du souci pour toi, je veux être certaine que tu n'en fais pas trop.

— J'ai des raisons de vivre, ou plus exactement, j'ai toutes les raisons de vivre, assura-t-il, tout sourire lui aussi.

— Vraiment contente de l'entendre dire, pendant long-temps je n'en étais pas aussi certaine.

— Je sais, mais tout va bien maintenant !

Badger massa son moignon.

— Tout va bien de ce côté-là ? s'enquit Kat.

Il lui fallait trouver l'équilibre entre être inquiète ou casse-pied. Ils étaient tous les deux des personnes très indépendantes depuis longtemps et avoir à s'inquiéter pour quelqu'un était nouveau et étrangement gratifiant pour eux deux.

— C'est douloureux. Et ça me démange.

— C'est bon signe, dit-elle.

— Il n'y a que toi pour me dire une chose pareille… Tu as eu du mal à t'y faire ? s'enquit Badger qui faisait allusion à sa prothèse.

— Pour moi, ça a vraiment été une bénédiction. Ma jambe était inutile, m'empêchait de vivre, c'était une entrave, je n'arrêtais pas de me blesser et tout ce que je voulais, c'était me libérer de quelque chose qui me retenait.

— C'est intéressant, j'imagine que dans un sens, ça a été comme une sortie de prison.

— Exactement ! Souvent, dès qu'ils ont une prothèse, les gens se sentent enfermés. Et c'est l'une des raisons qui m'a fait choisir ce métier, parce qu'il faut vraiment changer cet état d'esprit.

— Tu as fait du très bon travail avec nous !

— C'est réciproque ! Je n'ai pas envie de cuisiner ce soir, annonça-t-elle sans crier gare.

— C'est vendredi, on peut sortir si tu veux.

— Nan, je ne crois pas. Par contre, on peut commander.

— Oui, à quoi tu penses ? On a toujours à satisfaire d'autres appétits après aussi…

Elle rit, un rire libre et heureux.

— Vous les hommes, vous ne pensez vraiment qu'à ça…

— Je ne t'ai pas entendu t'en plaindre hier soir… ou ce matin, fit Badger avec un grand sourire.

— Il fallait que je sois à l'heure pour ne pas que mes clients m'attendent, gloussa-t-elle.

— On a la belle vie, pas vrai ?

— Ah, ça, oui !

— Il faut encore que je trouve ce que je veux faire de ma vie.

— Non, je pense que vous devriez faire ça tous ensemble.

— Tu es certaine que ça marcherait en groupe ? s'enquit-il en la regardant.

— Je ne suis pas certaine que faire quelque chose chacun de votre côté fonctionnerait mieux. Les liens entre les membres de votre équipe, ce n'est pas juste de l'amitié, vous êtes même plus que des frères. Et en laisser un à l'écart ou vous séparer d'une façon ou d'une autre, ça aurait un effet dévastateur à bien des égards.

— Toujours est-il que je ne crois pas que l'un d'entre nous a la moindre idée de quoi faire…

— Vous n'avez pas à faire quoi que ce soit. Techniquement parlant, vous avez tous une maison où vivre et une pension pour payer vos factures. Vous pouvez vous reposer et continuer à guérir moralement et physiquement de ce que vous avez enduré. Le mystère Mouse est enfin résolu et tourner cette page, c'est quand même énorme.

— Je sais. Et ça m'a longtemps donné un but et depuis le début de la semaine, j'ai l'impression de rester là à regarder l'herbe pousser sans trop savoir quoi faire.

— Et ça risque de durer encore quelques semaines, ce sera une période de transition et ce n'est pas une mauvaise chose en soi.

— Je sais, mais j'aimerais bien faire quelque chose d'un peu plus… utile ?

— Alors, tu veux aller dans les hôpitaux et y chercher des anciens combattants pour qu'ils viennent me voir ? Des patients pour moi, de futurs employés pour toi.

Badger se retourna.

— Qu'est-ce que tu veux dire ?

— Beaucoup d'hommes ne peuvent pas faire une fraction de ce que tu sais faire, de ce que tes équipiers savent faire. Pourquoi ne pas mettre en place une sorte de programme de recyclage ? Physique, mental, émotionnel… ce qu'il faut faire pour que tu te sentes utile pour tes camarades.

— Me sentir utile pour mes camarades ? répéta-t-il sans comprendre.

Elle rit.

— Je parle d'autres soldats de tous les corps d'armée. Si tu veux te sentir utile, tu peux peut-être les aider, lancer un programme de mentorat.

Il secoua la tête.

— Tu sais, on pourrait faire ça bénévolement mais certainement pas à plein temps. On doit garder une source de revenus pour que ça marche.

— Alors, monte une entreprise et avec des associés, vous pouvez aider des anciens militaires à se recycler. On en a déjà parlé mais quelque chose comme la boîte de Levi… Je crois toujours que c'est une bonne idée. Quand il a commencé, ils n'étaient que quatre, et maintenant ?

— Une quinzaine, voire même une vingtaine de gars… Enfin, je ne sais pas… Mais il a dit qu'Ice et lui allaient venir passer quelques jours dans le coin.

— Bien ! Quand ?

— C'est encore en pourparlers.

— Ce serait génial de les voir !

— La maison est assez grande si ça ne te dérange pas qu'ils logent ici. J'ai évoqué l'idée mais j'ai aussi dit que je préférais vérifier avant que tu étais d'accord !

— Ce sont tes amis, fit remarquer Kat en le dévisageant.

— Mais tu vis là toi aussi, sourit-il.

— Et je te remercie beaucoup de ta prévenance ! Et je serai contente de les voir.

Badger hocha la tête.

— Alors, je le dirai à Levi. Il n'avait pas vraiment de date précise en tête et il m'a dit que ça pouvait être autant la semaine prochaine que dans quelques mois. Je commence à me dire qu'il est peut-être prêt à demander Ice en mariage.

Kat s'immobilisa et le dévisagea longuement.

— Ça serait une très bonne idée, je pense.

— Pourquoi ça ? demanda Badger.

— Ça fait très longtemps qu'ils sont ensemble et je crois que ça ferait plaisir à Ice.

— Mais elle sait qu'il l'aime.

— Oui, et le mariage n'est pas fait pour tout le monde mais je crois qu'au fond, ça ferait très plaisir à Ice d'être mariée, dit-elle les lèvres tremblantes.

Badger acquiesça mais il faisait aussi la grimace. Elle rit et tapotant sa main, elle se releva.

— Je vais aller chercher les menus…

— Tu peux me ramener une bière pendant que tu y es ?

— Ok ! fit Kat qui retourna directement au salon, là où elle savait qu'il ne l'entendrait pas et se mit à rire à gorge déployée. Tant mieux pour Ice. Elle était en train d'avancer le premier pion. Kat savait qu'elle prenait de gros risques mais il n'y avait pas vraiment d'autres façons de faire. Elle avait besoin de leur soutien. À tous.

Ce devait être un événement heureux mais il était certain qu'elle avait besoin d'un coup de main. Elle avait tenté d'amadouer Stone mais il n'avait pas été très réceptif puisque ça le mettait dans une position délicate, mais l'idée la fit rire de plus belle. Elle récupéra les menus, prit une bière fraîche au réfrigérateur qu'elle inspecta en se demandant ce qu'il lui était passé par la tête et en prit une pour elle également. Dehors, elle donna sa bière à Badger et s'assit avec un large sourire.

— Et voilà que tu recommences. Je commence à me poser des questions, grogna-t-il.

Elle se retourna pour le regarder.

— Et qu'est-ce qui te tracasse maintenant ?

Il la regarda intensément.

— Dans ma tête, c'est alerte rouge !

— Ah bon ? Pourquoi ça ?

— Je veux savoir ce que tu mijotes…

Le regard pétillant, elle se rapprocha de lui.

— Peut-être qu'on pourrait le manger au lit, ce chinois…

Son regard à lui s'illumina.

— En voilà une bonne idée, dit-il en faisant mine de se lever mais Kat posa une main sur sa cuisse.

— On n'a même pas encore commandé.

Il eut l'air pensif, comme s'il réfléchissait à la logistique nécessaire.

— Hors de question qu'on commence, que je doive me rhabiller, payer et remonter la nourriture. Je commande et on mange, ça nous donnera un cadre. Et puis, tu n'as même pas encore bu, fit-elle remarquer en parlant de la bière qu'il tenait sans l'avoir commencée.

Il se rattrapa et en but pratiquement la moitié en une longue gorgée, ce qui fit éclater de rire Kat.

— C'est quoi le problème ? Un grand gaillard comme toi n'est pas très patient ?

Badger la fusilla du regard.

— J'ai attendu deux ans pour te trouver alors c'est pas comme si on pouvait pas faire bon usage des dix minutes de délai de livraison. Alors passe la commande, on va dans la piscine et on…, éluda-t-il en haussant les sourcils de manière suggestive.

Avec un rictus, elle se saisit du tract et de son téléphone, puis passa commande avant de se lever, d'enlever son t-shirt et son short, révélant le maillot de bain qu'elle portait en dessous. Souriant largement, elle ôta sa prothèse qu'elle déposa sur la chaise longue et sauta dans la piscine.

— Tu triches ! Je ne savais même pas que tu étais déjà en maillot…

Remontant à la surface, elle rit.

— Et quelle différence ça aurait fait ?

— Je t'aurais fait y aller plus tôt si j'avais su, grogna-t-il mais, l'instant d'après, il l'avait rejoint.

Elle attendit qu'il arrive à sa hauteur et passa ses mains

autour de son cou.

— Notre repas devrait être là dans au moins une demi-heure.

Badger sourit et la serra contre elle.

— Ça devrait nous laisser largement le temps.

— Ah ouais ? Le temps de quoi ?

Il passa ses mains le long de son dos et empoigna ses fesses, la pressant fort contre son érection ferme.

— Le temps de tout ce que tu veux.

Elle passa ses cuisses autour de ses hanches et ses bras autour de son cou, tout sourire.

— J'ai toujours beaucoup aimé les sports nautiques…

— Merci mon Dieu, murmura-t-il avec ferveur et passant sa main dans ses cheveux, il l'embrassa.

Le baiser, comme tout le reste depuis la fin du cauchemar qu'avait été cette folle aventure, était empli d'une nouvelle liberté. Ce n'était plus une panique frénétique où tout instant comptait parce que cela pouvait être le dernier. Au lieu de ça, c'était à présent la joie de se retrouver dans la paix, l'harmonie et l'amour. Comme il l'avait dit, c'était une bonne idée. Le serrant plus fort contre elle, elle l'étreignit et répondit à son baiser avec toute la passion qu'elle avait en elle.

LE LENDEMAIN MATIN, Badger et Kat étaient assis à la table de la cuisine en train de boire leur café. Kat travaillait sur son ordinateur, un grand sourire aux lèvres mais tout d'un coup celui-ci retomba. Badger fut une fois de plus surpris et il la jaugea longuement. Le voyant, elle sourit à nouveau.

— Toujours pas prête à me le dire, pas vrai ?

Elle écarquilla les yeux, figure de l'innocence.

Il soupira.

— Tu ne serais pas en train d'organiser une fête surprise ou un truc du genre, pas vrai ? Parce que ça ne serait vraiment pas cool ça, fit Badger en faisant semblant d'être fâché.

Elle s'adossa à nouveau à sa chaise.

— Quel genre de fête surprise je pourrais organiser ? Les gars viennent là tous les foutus week-ends…, rit-elle.

Peut-être était-ce parce qu'elle avait juré, peut-être que c'était une façon de diversion mais il la laissa changer de sujet sans difficulté. Il se pencha en avant, croisant les bras sur la table et sa grande paluche enveloppant son mug.

— Ça ne te dérange pas ? On n'en a jamais vraiment parlé…

Cette fois-ci, sa surprise était sincère et il la connaissait assez bien pour savoir qu'elle était honnête. Il lui fallut un moment pour trouver ses mots.

— Tu veux dire que ça serait un problème pour moi que les gars viennent tous les week-ends ? demanda Kat.

Il hocha la tête. Il voulait vraiment que ça ne lui pose pas de problème, que ça ne pose de problème à personne à dire vrai. Parce qu'en réalité, les gars étaient comme des frères pour lui et il avait espéré qu'au bout d'un moment les femmes deviennent comme des sœurs, mais c'était beaucoup demander. Leurs liens n'avaient pas été forgés dans l'adversité comme ç'avait été le cas pour son équipe.

Elles n'avaient pas le même vécu, leurs traumatismes n'étaient pas les mêmes et, de cela, il était reconnaissant, car il ne l'aurait jamais souhaité à personne. C'était pratiquement trop demander que sept femmes uniques aux carrières variées fassent front commun comme lui et les gars. Il savait que chacune le ferait par respect pour les liens qui unissaient les gars et que toutes voulaient le bonheur de leurs partenaires mais il faudrait un certain temps pour qu'elles se rapprochent les unes des autres. Il voulait que cela soit immédiat et qu'il puisse savoir au plus profond de lui que tout allait bien.

Kat, toujours tout sourire, tendit la main et caressa celle de Badger avec son pouce.

— J'aime beaucoup les gars et j'aime également le fait que tout le monde vienne le week-end comme on le fait, comme si le dimanche, c'était notre moment pour nous retrouver en tant que groupe, comme une famille, c'est génial. Votre amitié est absolument incroyable et je ne suis pas certaine que tu te rendes compte à quel point !

Il haussa les épaules, un peu mal à l'aise. Badger savait que ce qu'ils avaient était spécial mais il n'aurait pas cru que Kat s'en serait rendu compte.

— Eh oui, c'est en grande partie grâce à toi, ajouta-t-elle.

— Non, pas uniquement. C'est nous sept !

— Bien sûr que c'est vous tous mais, en même temps, c'est grâce à tes efforts pour découvrir la vérité et ton affection pour eux, tu les aimes tels qu'ils sont, tu as rendu ça possible et tu peux être fier de ce que tu as accompli.

— Je le suis, mais ça ne veut pas dire que je ne m'inquiète pas de l'implication des femmes…

Elle pencha la tête sur le côté, perplexe.

— L'implication des femmes ?

À présent tout à fait mal à l'aise, il bougonnait pratiquement mais elle le connaissait trop bien et lui redemanda un éclaircissement.

— Alors peut-être que ce n'est pas le bon mot. J'aurais espéré que… j'aurais espéré que vous sept soyez aussi proches que nous sept…, dit Badger qui avait eu du mal à trouver ses mots.

— Oh. Tu sais, je crois que nous avons de quoi former une très belle amitié entre nous toutes, mais ça prendra du temps. Nous sommes toutes très différentes, nous avons toutes des vécus très différents, mais nous nous sommes retrouvées autour d'une cause commune : Mouse.

— Comme les gars et moi. Comme nous, acquiesça promptement Badger.

— Tout à fait, mais comme nous en avons fini avec cette cause commune et que les femmes n'ont pas eu l'entraînement, les années passées à travailler ensemble que vous avez eus, on n'a pas eu la même obligation que vous autres d'accepter et faire face aux forces et faiblesses des unes et des autres.

Badger grimaça.

— Je sais et on ne peut pas y faire grand-chose…

— Non, on ne peut pas y faire grand-chose, on ne peut pas forcer une amitié et je ne vois pas de problème dans ce que nous avons actuellement. Notre amitié sera plus naturelle et plus forte au fil du temps.

Il se mit à pianoter.

— Et si je te disais que je voudrais ça de suite ?

Kat, qui souriait depuis son retour, éclata de rire.

— Ce n'est pas parce que tu le veux que ça arrivera instantanément, tu t'en souviens ?

— Je sais que c'est bête mais…, grogna Badger.

— Mais ? Tu as peur, suggéra-t-elle en récupérant la cafetière pour leur resservir une tasse.

— Je n'ai pas peur, dit-il, stupéfait.

Mais son sourire était tellement tendre, tellement doux et si compréhensif qu'il sentit toutes ses défenses retomber. Elle avait toujours eu cet effet désarmant à dire vrai.

— Mais si, tu as peur que les femmes n'arrivent pas à tisser des liens aussi forts que vous et qu'à la fin, si vous devez vous séparer, ce sera de notre faute…

Il grimaça.

— Je n'aurais pas dit ça.

Elle rit.

— Non, tu n'aurais pas dit ça alors je le dis à ta place…

— Oui, mais maintenant que tu l'as dit, je vais envisager cette possibilité et ça ne me plaît pas du tout.

Kat se rassit, une boîte à biscuits entre les mains et la tendit à Badger qui l'ouvrit avec un large sourire et qui se saisit rapidement d'un cookie.

— C'est Morning qui nous en a laissés, pas vrai ? Geir a eu une sacrée chance de trouver quelqu'un qui cuisine aussi bien qu'elle ! dit-il avant d'ajouter précipitamment que pour rien au monde il ne se passerait de Kat qui le regardait d'un air entendu. Ok, alors je suis peut-être un peu nerveux parce que tout se passe très bien en ce moment, personne ne tente de nous tirer dessus, personne ne cherche à nous tuer, personne ne s'en prend à nos amis et nos familles…, finit par dire Badger.

— Tu t'ennuies, alors tu as besoin d'un problème à résoudre. Et c'est pour ça que je serais contente de te voir monter une entreprise, fit Kat, compréhensive.

— On a évoqué l'idée mais on n'a rien fait de plus, on est toujours en train de se remettre de notre aventure.

Elle hocha la tête.

— Oui ! Mais vous êtes sept. Des hommes très doués, très forts, qui s'ennuient à mourir.

Il haussa les épaules.

— Pas vraiment, on envisage plusieurs idées…, dit-il avec une certaine méfiance.

— Bien ! C'est bon de te l'entendre dire, approuva-t-elle puis, après un regard pour la pendule, Kat ajouta qu'elle allait bientôt devoir partir travailler.

— Ok, les gars devraient passer dans la matinée si ça ne te dérange pas, dit Badger.

Elle s'arrêta et le jaugea avant d'acquiescer.

— Mais bien sûr que ça ne me dérange pas, c'est ta maison !

— C'est *notre* maison, corrigea-t-il.

— Vous avez prévu quelque chose ?

Badger fit signe que non.

— Non, juste discuter de notre futur et de ce que l'on peut faire professionnellement.

— Bien ! À tout à l'heure ! Et rappelle-toi, je t'aime.

Elle se leva, alla mettra son mug dans l'évier et récupéra son sac à main avant d'aller embrasser Badger sur la tempe et de se baisser pour caresser rapidement Dotty qui était toujours à ses côtés et elle finit par partir.

Badger resta un moment le regard dans le vide. Il savait qu'elle mijotait quelque chose. Seulement, il ne savait pas quoi.

À peine dix minutes s'étaient écoulées depuis le départ de Kat qu'on frappait à la porte. Dotty se précipita, le devançant en aboyant et remuant la queue frénétiquement. Il ouvrit. C'était Cade et le reste de l'équipe. Il haussa un sourcil.

— Vous l'avez manquée de peu, fit-il remarquer.

— Non, on attendait qu'elle parte. Rien ne vaut un bon moment entre mecs, fit Cade en souriant.

— Et tu m'as fait me lever pour aller ouvrir plutôt que de rentrèr directement, grogna Badger alors qu'il retournait à la cuisine.

Les gars s'installèrent, certains se dirigeant vers la cafetière, d'autres allant chercher les tasses.

— Bien sûr, tu sais qu'autrement tu deviendrais paresseux, tu resterais trop assis et tu sais ce que le docteur a dit : que tu devais te lever et marcher pour le bien de ta jambe !

— Foutus docteurs ! Alors, qu'est-ce qu'on fait ? demanda Badger en se laissant retomber pesamment sur sa chaise.

— Eh bien, on a passé en revue pas mal d'idées mais, en gros, on doit partir de quelque chose qui pourra évoluer au fur et à mesure…

Badger se redressa.

— Je t'écoute…

1.

CHAPITRE 2

K AT ENTRA DANS son bureau, déposa son sac à main et se dirigea directement vers la cafetière. Son assistant n'était pas encore arrivé. Elle s'en étonna ; ce n'était pas son genre d'arriver en retard. Mais elle l'entendit siffloter alors qu'il montait l'escalier et lorsqu'il entra dans la pièce, elle lui sourit.

— Tu es rarement autant en avance, fit-il remarquer en haussant les sourcils.

Elle jeta un coup d'œil à sa montre et haussa les épaules.

— Ce n'est pas *si* tôt.

Il rit.

— Va t'installer, je vais faire le café.

Elle avait encore une bonne quarantaine de minutes avant l'arrivée de son premier patient et, assise à son bureau, elle décida d'appeler Honey.

— Kat, il est très tôt pour toi ! Est-ce que tu es à ton cabinet ? demanda Honey.

— Je viens juste d'arriver, je pensais à quelque chose et je sais que c'est probablement très audacieux et ça ne pourra marcher que si tu m'aides. Je ne suis pas certaine que ça tente tout le monde dans le groupe alors je cherche quelqu'un de plus sain d'esprit que moi pour me dire que c'est une idée stupide.

— Allons bon, dis-moi, fit Honey qui semblait sincèrement curieuse.

Mais, après tout, Honey était toujours d'attaque quand les choses sortaient de l'ordinaire. Ce qui rappela à Kat la conversation qu'elle avait eue un peu plus tôt avec Badger, lui qui voulait que les femmes soient meilleures amies. Elle et Honey étaient amies depuis des années mais il était certain qu'elles étaient devenues encore plus proches ces derniers temps.

— Je pensais organiser un mariage surprise, dit-elle précipitamment à voix basse pour être certaine que Jim, son assistant, ne l'entende pas.

— Un mariage surprise… Tu veux dire, pour Badger et toi ? s'enquit son ami qui avait répété ses paroles pour tenter d'assimiler ce que cela impliquait.

— Oui, genre il sort dans le jardin un jour où tous les gars sont là et il y a un pasteur sur place…

— Oh waouh ! s'exclama Honey qui ne dit rien de plus.

— C'est une idée foireuse, c'est ça, hein ? grimaça Kat qui se sentit abattue.

— Non, vous êtes bien assortis tous les deux. Mais qu'est-ce que Badger pense des surprises ? s'enquit son interlocutrice avec prudence.

— Il n'aime pas ça. Je ne sais pas pourquoi mais je ne peux pas me sortir cette idée de la tête, admit Kat en regardant par la fenêtre d'un air morose.

— Eh bien, tu pourrais d'abord le demander en mariage ?

— Je pourrais ou il pourrait… Merde…, grogna-t-elle.

Honey rit.

— Pourquoi es-tu aussi impatiente ?

— Je ne sais pas, mais j'ai l'impression que les gars ne le feraient pas sans difficulté. Je veux dire, tu as bien vu Ice et

Levi, depuis le temps qu'ils sont ensemble, ils ne sont pourtant pas encore mariés. Mais il y a autre chose avec nos gars. Quelque chose dans la psyché de ces soldats blessés leur dit que ce sont des hommes brisés qui ne méritent pas un futur heureux et bien rempli. Comme s'ils devaient être reconnaissants de nous avoir trouvées mais que…

— Mais qu'ils ont peur que ça fasse toute une histoire si nous pensons qu'il ne s'agit que d'une relation à court terme et comment la perspective d'en faire quelque chose de plus durable pourrait nous donner envie de fuir…

— On est d'accord… Je savais que tu comprendrais. Je sais que c'est un peu insistant et que ça pourrait très bien mal se finir, et j'espère vraiment que non, mais j'en ai parlé à Ice et l'idée lui plaît, fit Kat qui, d'un coup envahie par le soulagement, se mit à faire les cent pas.

— Mais la vraie question qu'il faut te poser, c'est : pourquoi maintenant ? Pourquoi une telle urgence ? demanda Honey avec une certaine prudence.

— Je ne suis pas certaine que ce soit de l'urgence ou de la précipitation mais j'ai l'impression que les gars traînent les pieds pour se trouver du boulot, mais ce n'est pas un souci. Je ne dis pas qu'ils doivent trouver quoi que ce soit, d'ailleurs. Ils ont tous une situation financière stable grâce à leurs pensions d'invalidité mais je sais qu'ils s'ennuient et je sais aussi que des hommes qui s'ennuient, ce sont des hommes dangereux.

— Eh bien, il y a quand même beaucoup de travaux qui se concrétisent parce qu'ils s'ennuient et on essaye toujours de trouver une maison dans le quartier pour Geir, ou du moins à une distance raisonnable alors il y a très certainement des changements dans l'air, fit Honey.

— Je sais, je sais mais je ne sais pas vraiment comment

l'expliquer, dit Kat après un moment.

— Laisse-moi y réfléchir mais on en reparle plus tard. J'ai une journée sacrément chargée qui m'attend et on n'a pas besoin de décider de quoi que ce soit ce week-end.

Après un moment de silence, Honey insista.

— On ne décide de rien ce week-end, pas vrai ?

Kat rit.

— Non, non. Je ne parle même pas de ce week-end voire même ce mois-ci. Il me faudrait au moins quelques mois pour tout préparer.

— Ok ! Je craignais que tu fasses une folie et que tu te précipites mais si tu prends le temps, ça sera parfait et ça fera certainement se décider Badger, répondit Honey, soulagée.

— Oui, mais tu vois, je ne veux pas le perdre, je ne veux pas qu'il prenne la mauvaise décision, dit Kat à mi-voix.

— Laisse-moi y réfléchir et, non, ne t'attends pas à ce que ça soit aujourd'hui ou même demain. Je dois prendre le temps de tout envisager et on en reparle dans quelques jours, d'accord ?

Kat sourit.

— Ok, je me suis dit que si au moins je pouvais t'en parler, tu m'aiderais à garder la tête froide.

— Ça fait au moins une dizaine d'années que je te connais maintenant et je ne me souviens pas t'avoir entendue parler de quelque chose de ce genre. Je ne pensais même pas que tu étais amatrice de fêtes surprises…

— Je sais, ce n'est pas mon genre, mais, en même temps, j'ai l'impression que c'est ce qu'il faut pour que Badger s'engage.

— Peut-être qu'il n'est pas prêt ? Tu y as pensé à ça ?

— Je sais qu'il n'est pas prêt, mais je ne crois pas qu'il le sera un jour. Je crois qu'il aura toujours l'impression de me passer la corde au cou et que tant que tout va bien, il fera sa vie mais si sa santé se dégrade, il refusera de m'épouser.

— C'est vrai et j'imagine qu'on peut dire la même chose d'eux sept, soupira bruyamment Honey.

— Exactement et je ne veux pas prendre le risque…

— Donne-moi quelques jours pour y réfléchir, il faut que je file, dit Honey en raccrochant.

Kat reposa son téléphone et, au même moment, Jim entra dans son bureau et déposa devant elle une tasse de café et la liste de ses rendez-vous du jour.

— Eh bien, encore une fois, on dirait bien que tu t'es surbookée.

— C'est pas toi qui prends les rendez-vous normalement ? plaisanta Kat.

— Si tu arrêtais de répondre au téléphone et de glisser des rendez-vous là où il ne devrait pas y en avoir…

— Ok ! Dis-moi franchement, c'est si terrible que ça ? grogna-t-elle.

— Vraiment terrible, faudra qu'on soit vraiment très efficaces pour y arriver, dit-il joyeusement.

— Ça pourrait être rude !

— Ce sera très rude mais on peut y arriver ! Par contre, il faudra que tu suives mon minutage, c'est compris ? demanda-t-il alors qu'il allait sortir.

— Compris ! Mais pourquoi je fais toujours ça ? geignit-elle en contemplant le planning qu'il avait déposé devant elle.

— Parce que tu t'en fais trop, répondit-il.

— Bordel !

Il avait raison. Elle s'en faisait trop et elle avait vraiment du mal à refuser quoi que ce soit à quiconque. C'était une façon d'être chez elle. Son téléphone sonna quelques minutes plus tard.

— La journée commence bien, ton premier patient est arrivé avec dix minutes d'avance et si tu peux le faire sortir cinq minutes avant l'heure prévue pour la fin de son rendez-vous, tu auras récupéré un quart d'heure.

Kat resta tête baissée un instant avant de lui répondre :

— Fais-le entrer.

Au moment où la porte s'ouvrit, elle plaqua sur son visage un sourire lumineux. *C'est de ta faute, la ferme et gère !*

— Bonjour ! salua-t-elle le patient qui venait d'entrer.

— ON NE sait pas encore tout à fait ce que l'on veut faire… Jusqu'à présent, on a retapé nos maisons et on s'est adaptés aux besoins de nos partenaires. Laszlo, il faut qu'on finisse le bureau de Minx et, Geir, tu as besoin d'un atelier pour Morning, pas vrai ?

— Oui, on en a parlé ce week-end, elle a vraiment besoin d'un grand espace et il faut que ça soit bien aéré, fit l'intéressé.

— Comme tu es en location, tu auras besoin d'une maison plus spacieuse, fit remarquer Erick.

Geir acquiesça.

— Mais il n'y a plus rien de disponible autour de chez Badger.

— On pourrait aller en parler aux voisins et voir s'il y en a qui seraient intéressés pour vendre, suggéra Badger.

— Mais le cas échéant, on aurait à payer un supplément, ce qui sera un problème, dit Geir.

— C'est toujours un problème, à moins que l'on déménage tous, ce que j'aimerais mieux éviter…, dit Badger en balayant du regard la pièce.

— Tu es le seul d'entre nous à être vraiment attaché à sa maison mais tu as de très bonnes raisons de l'être. Aucun de nous ne voudrait que tu perdes ça, fit Talon.

— C'est sûr, mais si on veut tous rester à proximité immédiate les uns des autres, il faudra faire quelque chose.

— Il faudra juste du temps, mais si je pouvais trouver immédiatement, ça permettrait à Morning d'avoir un endroit qui lui convienne pour travailler, je sauterais sur l'occasion. Je n'ai pas envie que sa créativité se retrouve à l'étroit.

— Je sais que sa prochaine exposition est très importante et que son développement est tout aussi important que le nôtre.

— Il y a quelques parcelles à vendre dans le quartier, si on a envie de faire du neuf, dit Jager.

— C'est vrai et Allison n'a pas de passe-temps qui nécessite un espace spécifique, fit remarquer Badger.

Jager acquiesça.

— Notre maison est une maison ordinaire, rien de spécial, mais j'ai connu pire.

Ils savaient tous que ce n'était pas une question de maison mais plutôt de qui y vivait qui comptait vraiment.

— Même en trouvant quelque chose que Morning et moi voulons et qu'il me soit nécessaire de venir en voiture ou à vélo, ça ne me dérangerait pas. Tout ce que je veux, c'est que Morning ait de l'espace et rapidement. Il faut qu'elle prépare des toiles pour l'exposition et ça la préoccupe beaucoup. Quelqu'un connaît un agent immobilier ?

— Non, pas moi, fit Erick.

Badger regarda tour à tour Cade, Talon et Laszlo et tous firent signe que non puis lorsqu'il s'intéressa à la réponse de Jager, celui-ci fit une suggestion.

— Je crois bien que la femme de Dennis travaille dans l'immobilier.

Tous se figèrent.

— Tu es sûr ?

Jager haussa les épaules.

— Je peux toujours demander.

Il sortit son téléphone et envoya un texto au frère d'Allison et expliqua que sa compagne lui avait dit que sa belle-sœur travaillait dans l'immobilier.

— Si c'est le cas, elle pourrait vraiment nous être utile en ce moment…

— Peut-être bien, mais elle est sûrement aussi très occupée… Trois enfants, si vous vous souvenez bien, fit Jager avec un large sourire.

Les gars hochèrent la tête, pensifs.

Quelques minutes plus tard, toujours entre les mains de son propriétaire, le téléphone de Jager bipa et il lut le message qu'il venait de recevoir pour l'ensemble du groupe.

— Elle est bien agente immobilière et Dennis me demande si je veux qu'elle nous appelle.

— Oui, mettons-là sur l'affaire, que l'on ait son avis, fit Geir.

— Le marché est un peu fou en ce moment, dit Erick.

— Au contraire, c'est plutôt stable et, même si ça commence à grimper, c'est toujours le bon moment pour acheter parce qu'une fois que tout s'emballe pour de bon, tu pourrais payer bien plus cher simplement parce que les gens seraient prêts à payer beaucoup plus.

— Je vais lui demander de me rappeler et ensuite je lui dis de contacter Geir si ça lui va. Geir ? s'enquit Jager auprès de l'intéressé.

— C'est la meilleure façon de faire, je vais réfléchir à ce

dont Morning et moi on a besoin, mais le plus important c'est qu'elle ait un atelier.

— Elle peut toujours s'installer dans le salon, tu sais que n'importe lequel d'entre nous le ferait si c'était ce qui comptait pour nos partenaires, plaisanta Badger.

Geir acquiesça.

— Ça ne me dérangerait pas mais elle… Elle avait une immense maison en Californie et elle avait son atelier…

— Je ne pense pas que tu puisses trouver ça dans le quartier, fit remarquer Erick.

— On n'a plus besoin de voir aussi grand, elle n'envisage pas de reprendre une chambre d'hôtes.

— Vous en avez fini avec la vente ?

— Pas tout à fait, mais dans quelques jours, ce sera bon. Après qu'ils ont repayé le crédit et qu'elle partage la somme restante avec son père, elle aura un joli pécule.

— Avec une somme pareille, tu pourrais sûrement acheter un manoir dans le coin, fit remarquer Badger.

Geir haussa les épaules.

— Elle pourrait, je ne peux pas vraiment dire que j'ai beaucoup d'économies même si je n'ai sûrement rien dépensé ces dernières années mais ça n'a rien à voir avec ce que peut rapporter la vente d'une maison en Californie.

— Certes. Elle a de la chance d'avoir pu la garder aussi longtemps parce que le marché se porte très bien en ce moment et je comprends que son père ait voulu récupérer son investissement, mais en attendant aussi longtemps et donc en donnant à Morning l'occasion de s'établir davantage, la maison a pris de la valeur et ils ont tous les deux faits des profits substantiels, fit remarquer Cade.

Tous acquiescèrent.

— Et notre future entreprise ? Quelqu'un a une idée de

ce que nous pourrions faire ou de ce que chacun voudrait faire ? demanda Badger.

Personne ne pipa mot.

— Vous voyez, c'est là qu'est le problème. Kat dit qu'on a encore besoin de guérir mais aussi que les hommes qui s'ennuient ont besoin de s'occuper ou ils risquent de partir sur une mauvaise pente. Et je parle pour moi, hein, mais je ne suis pas particulièrement heureux de ne rien faire. On a toujours eu des vies très organisées quand on était dans l'armée et après durant notre convalescence, il y avait les séances de rééducation, les traitements, dormir, faire de l'exercice, manger correctement et ensuite on a eu notre aventure avec Mouse. Mais, à présent, ce sont les femmes et c'est comme si après toute cette folle aventure, tout s'arrêtait et je ne sais pas tout à fait comment remettre la machine en marche, expliqua Badger.

— Honey nous dirait qu'on regarde dans la mauvaise direction, dit Erick et tous se tournèrent vers lui et il haussa les épaules.

— Je vois ce qu'elle veut dire. On a déjà fait tout ce que l'on avait prévu de faire, mais à présent il faut qu'on s'attaque à quelque chose de tout à fait nouveau.

— Mais on ne sait pas faire autre chose… Qu'est-ce qu'on est supposés faire à présent ? fit remarquer Cade.

— Allison a suggéré qu'on monte un centre d'entraînement pour aider des hommes à se reconvertir dans la sécurité comme ce que fait Levi et Kat me parlait justement ce matin d'aider des hommes comme nous à se réadapter au monde réel, rappela Badger.

— Mais ça ne ferait pas un peu psy sur les bords ? fit remarquer Talon avec un effroi feint qui fit rire ses camarades.

— Parce que moi je ne vois pas particulièrement être le psy de quelqu'un, mais si c'est pour aider des gars à se réadapter au monde réel, peut-être. Mais je crois qu'on ferait mieux de lancer une boîte où on peut embaucher des gens qui ont des compétences variées ou du moins les former et leur donner un boulot stable, dit Jager en riant.

— Et ça nous ramène à la première question, quel genre de boîte on monte ? dit Badger.

— Exactement… Et qui aurait la moindre idée de ce que l'on pourrait faire ? ajouta Erick.

CHAPITRE 3

Deux jours plus tard, Kat était en train de manger lorsqu'elle regarda par la fenêtre. Elle n'avait toujours pas eu de nouvelles d'Honey. Elle savait qu'elle demandait beaucoup et, encore maintenant, elle tournait et retournait l'idée dans sa tête mais sans savoir pourquoi elle lui plaisait tant. Mais elle s'était dit qu'il fallait faire confiance à son instinct et sauter sur l'occasion parce qu'elle était très douée pour organiser des choses mais peut-être aussi que ça l'amusait de surprendre Badger. Peut-être qu'il y avait autre chose mais il était certain qu'elle voulait voir si elle allait arriver à ses fins.

Au même moment, son téléphone personnel sonna et Kat décrocha en souriant lorsqu'elle vit que c'était Honey puis elle reposa son téléphone sur son bureau après l'avoir mis sur haut-parleur.

— Je pensais à toi, justement.

— En bien, j'espère. Je dois admettre que depuis notre conversation avant-hier, je n'arrive pas à penser à autre chose, rit Honey.

— C'est bien ou c'est pas bien ?

— Je vais te le dire, ce n'est pas une bonne chose, parce que si tu fais ça avec Badger, je vais peut-être avoir envie de le faire avec Erick.

Kat étouffa un cri de surprise, se redressa sur sa chaise et posa son stylo avant de se mettre à rire.

— Imagine un peu…

— Ce n'est pas drôle ! Et c'est de ta faute si j'y pense ! fit Honey, un peu fâchée.

— Je sais, mais une fois qu'on y pense, on ne peut plus penser à autre chose, pas vrai ?

— Et j'ai parlé d'une relation à long terme avec Erick il y a quelque temps, le jour même où tu m'as appelée, à dire vrai et il m'a fait un sourire très doux qui m'a fait comprendre qu'il ne voulait pas tout chambouler, que tout était très bien comme c'était actuellement.

— Tu as parlé de mariage avec lui ? demanda Kat, horrifiée.

Honey soupira.

— Non, pas du tout. Je voulais savoir où il en était sur notre avenir. Maintenant, je ne sais pas s'il pensait mariage ou s'il a cru que je parlais de lui et de son futur boulot. Il a l'air de penser qu'il a besoin d'être plus productif autrement il n'est pas l'homme de la maison !

Kat rit.

— Je vois. Et où est le mal à ça ? Nous travaillons toutes ou nous sommes en bonne voie pour ça mais les gars ne travaillent pas.

— Je sais, mais ils ont leurs propres rentrées d'argent, fit remarquer Honey.

— Oh je comprends bien, mais je crois qu'ils ont besoin de faire autre chose.

— Et ça ne sera pas facile à trouver. Il faut qu'ils prennent la décision seuls. Et puis, je crois que ce qu'Erick essayait de dire, c'est qu'il va finir par y arriver.

— Alors tu as délibérément évité le sujet de votre relation ?

— Oui et non mais c'est pas lui qui allait dire quoi que ce soit.

Kat rit.

— Non, je crois qu'ils ont tous cette idée qu'ils sont brisés mais ils ne voient pas à quel point ils vont mieux. Mais qu'est-ce que tu en penses, toi ?

— Je ne sais pas, je veux me lancer mais, en même temps, je suis terrifiée à l'idée qu'Erick me rejette. Sûrement que ça ne serait pas facile à réparer. Et puis, j'ai fait une autre bêtise, ou peut-être pas vraiment une bêtise, j'en sais rien….

Honey parlait si vite qu'elle en devenait confuse.

— Honey, de quoi tu parles ? demanda Kat.

— Eh bien…, il se trouve que j'en ai parlé à Minx.

— Quelle surprise !

— On est d'accord ! Et le truc, c'est qu'elle a commencé à rire et m'a dit que ce serait parfait.

— Badger et moi ? Moi épousant Badger, ça serait parfait ? demanda Kat qui avait besoin d'un éclaircissement.

— Et Erick et moi. Et peut-être Laszlo et elle, ajouta Honey dans un souffle.

Kat continuait de regarder par la fenêtre, stupéfaite.

— Et si on le faisait toutes ensemble ?

— En fait, c'est ça, ça ne peut marcher que si on le fait toutes ensemble…

— Je ne crois pas qu'on puisse faire ça toutes ensemble en ayant que deux mois devant nous…, fit Kat.

— Non, ce serait quand même beaucoup demander…

— Mais on ne peut pas en être certaines tant qu'on ne leur en a pas parlé…

Kat prit un certain temps avant de répondre.

— Il faut que je retourne bosser et que j'y réfléchisse un moment.

— On en reparle à la même heure dans deux jours ? Mon prochain patient est arrivé, il faut que je file.

Kat jeta un coup d'œil à son planning. Elle avait cinq bonnes minutes devant elle et en aurait bien besoin, parce ça commençait à devenir vraiment incroyable. Mais, en même temps, son cœur se gonflait de joie. Le reste de l'après-midi, elle se surprit à rire à des moments impromptus et lorsqu'elle rentra le soir venu, ce fut avec un large sourire idiot. Elle alla directement retrouver Badger qui était assis à côté de la piscine, ordinateur allumé, entouré de paperasse. Elle le serra fort dans ses bras et déposa un baiser sur sa joue.

— Ça, c'est une jolie façon de dire bonsoir. Mais la question reste, qu'est-ce qui t'arrive ? demanda-t-il en plissant les yeux, suspicieux.

— J'ai passé une bonne journée, dit-elle en haussant les épaules mais son ton était trop enjoué, d'après ce que le regard attentif de Badger lui faisait comprendre. Elle rentra et alla ranger son sac à main et ses clés puis, une fois dans le couloir, elle enleva son manteau qu'elle rangea dans la penderie puis retourna à la cuisine. Plutôt que de se servir un café, elle prit une bière dans le réfrigérateur et, du coin de l'œil, elle vit que Badger en avait déjà une et alla donc le rejoindre dehors.

— Qu'est-ce qu'on mange ce soir ?

Badger releva la tête et grimaça.

— Je n'y ai pas encore réfléchi, je suis pas un très bon homme au foyer, pas vrai ?

— Je ne crois pas qu'on ait établi des règles pour ça, hein, fit Kat sur le ton de la plaisanterie mais elle sentait bien que Badger était un peu tendu.

— Je pensais à des steaks hachés, suggéra-t-il et Kat acquiesça, l'idée lui plaisait bien.

— On a de la viande hachée au frigo, je pourrais la mélanger à de la feta et des herbes aromatiques pour nous faire de beaux steaks, poursuivit-elle.

— Mais on a mangé des steaks hachés hier, dit-il prudemment.

— Et alors ? On n'a pas le droit de manger des steaks hachés deux jours de suite ?

— Des steaks hachés à la feta, ce serait cool ! Mais je croyais que, vous les femmes, vous n'aimiez pas manger la même chose deux jours de suite, fit Badger avec un peu plus d'enthousiasme.

Elle le fusilla du regard.

— Tu dis de ces bêtises…

Il haussa les épaules.

— Moi ça ne me dérange pas de manger des steaks hachés tous les jours, c'est de la nourriture de mec !

Kat leva les yeux au ciel.

— Je ferai une salade pour aller avec.

— Oui, de la nourriture de meuf quoi ! fit remarquer Badger avec un large sourire.

— Tu peux faire les steaks au barbecue ? Je suis vraiment affamée ! Je vais aller préparer la viande, dit-elle en rentrant en hâte, sortant la viande hachée, les herbes et la feta du réfrigérateur et elle malaxa le tout dans un saladier.

Délibérément, elle ne traitait pas Badger comme un invalide. Elle avait ses problèmes, il avait les siens. Il se leva, se dirigea vers le grill et l'alluma. Elle sourit. Sacré bonhomme !

Pourquoi voulait-elle presser la question du mariage ? Avait-elle peur que sa santé se détériore et qu'il ne l'épouse jamais ? Le fait de vieillir ? Peur qu'il ne la quitte ? C'était toujours possible. Ce n'était pas comme si le divorce n'était pas envisageable. Ou peut-être qu'elle avait peur qu'il préfère une relation amicale plutôt que d'être mari et femme. Pas facile d'envisager ça. Toujours était-il que si elle savait qu'ils étaient ensemble pour de bon, à quoi bon forcer un mariage ?

Parce que ça ne suffisait pas. Toujours était-il qu'elle préférait le surprendre tout à fait. Ça passerait ou ça cassait, ça pouvait être le meilleur comme le pire jour de sa vie.

— Le barbecue est prêt ! fit Badger à la cantonade.

— Les steaks aussi ! répondit Kat sur le même ton.

Une fois façonnés, elle les déposa sur une assiette qu'elle sortit et tendit à Badger.

— Je me suis dit que je pourrais en prendre un pour aller avec ma salade demain au travail, tu en auras deux pour ce soir et deux autres à réchauffer demain midi… tant que ça te dérange pas de manger des steaks hachés trois jours de suite.

— Oh moi je mange ce qu'il y a, hein, rit-il.

— Moi aussi !

Ils se tinrent devant le barbecue jusqu'au moment où elle se rappela qu'elle n'avait pas préparé la salade alors elle rentra en hâte et coupa de la salade verte, des concombres et des tomates et mélangea le tout avec de la vinaigrette avant de sortir un plateau où elle avait déposé le saladier, des assiettes et deux autres bières.

— Tu veux qu'on mange à table ou sur les chaises longues ?

— Sur les chaises longues ! Tu crois qu'il reste des chips ?

— Je ne sais pas, dit-elle en posant leurs couverts et ouvrant leurs bières.

Lorsqu'elle se retourna, Kat vit que Badger était dans la cuisine et cherchait les restes des barbecues des jours précédents et, voyant que son ordinateur était allumé, elle lui demanda ce qu'il avait fait tandis qu'elle installait une petite table entre les chaises longues pour qu'ils puissent se servir sans difficulté.

— Juste de la paperasse, j'ai discuté avec une agente immobilière aujourd'hui.

— Vraiment ? Tu n'envisages pas de vendre la maison, quand même ? fit Kat qui se figea sur place et qui ne parvint pas à dissimuler son effroi.

— Ça te dérangerait ? demanda-t-il en la dévisageant.

Kat baissa la tête. Comment était-elle supposée répondre à cette question ?

— Pour commencer, je ne suis pas avec toi à cause de ta maison, mais je sais qu'elle compte pour toi et je dois admettre que j'en suis tombée amoureuse aussi.

Il tendit la main et repoussa délicatement les cheveux qui étaient retombés sur son visage.

— Je ne pense pas que tu sois là à cause de ma maison. Et ce n'est pas moi qui cherche à vendre ou acheter, mais Geir. Il n'est pas propriétaire et on essaye de lui trouver une maison équipée d'un atelier pour Morning, éclaircit-il.

— Certes, mais ça ressemble quand même à des plans de niveau…

Il hocha la tête.

— Il y a une parcelle disponible à quelques rues d'ici.

— Je m'en souviens. Tu pourrais lui construire une maison ?

Badger haussa les épaules.

— Je pourrais mais ça dépend du budget…

— Mais Morning a récupéré un sacré pactole après la vente de sa chambre d'hôtes, pas vrai ?

— Ça, oui, mais tout le monde n'est pas prêt à bâtir.

Le jaugeant, elle regarda aussi de plus près les plans.

— Ce sont tes plans ?

— Je m'étais toujours dit que j'aurais à construire une maison un jour. Mais je ne m'attendais pas à ce que mes parents meurent si tôt. Vingt ans trop tôt.

Kat hocha la tête.

— Tu te serais follement amusé, pas vrai ?

— J'aime le travail manuel.

— Et les autres ? Ils sont bons ?

— Jager est un foutrement bon électricien mais il n'est pas agréé pour les installations domestiques. Peut-être qu'avec un recyclage… Mais je ne sais pas… Et il faut encore qu'il accepte.

— Exactement, il y a beaucoup de choses à prendre en compte. Est-ce qu'il sait vraiment ce qu'il fait ? demanda Kat après avoir pris un instant pour réfléchir.

Badger hocha la tête.

— Oh ça oui ! Et il connaît un autre gars qui est certifié entre autres choses.

— Et ?

— Un ancien combattant. Il s'est formé pendant qu'il était dans l'armée et, une fois qu'il a quitté l'armée, il avait son certificat.

— Oh, ça me plaît bien, dit-elle.

— Pourquoi ça ?

— Je crois que chaque fois que l'on fait appel à d'anciens soldats et qu'on utilise leurs compétences nouvellement acquises, c'est une bonne chose.

— Je ne sais pas à quel point c'est frais mais je sais qu'il est certifié.

— Peut-être qu'il a un carnet de commandes super chargé… Est-ce qu'il aura le temps ?

Badger fourra les mains dans ses poches et contempla le

grill.

Elle se demanda ce qui se tramait.

— Tu l'as peut-être déjà vu, finit-il par dire.

— Déjà vu… Comment ça ? s'étonna Kat.

— À ton cabinet, oui ! Il lui manque la jambe inférieure gauche.

Kat le dévisagea un instant.

— Il s'appelle Ethan ?

Badger la regarda avec un sourire en coin.

— Oui, c'est ça, Ethan.

— Il ne travaille pas du tout en ce moment, pas vrai ?

— Non, il a eu un coup dur mais il est formé et qualifié, il faudra juste que je lui en parle, il est bien occupé.

— Et tu veux lui donner du travail ? L'aider à guérir ? Je crois que c'est une très bonne idée, fit-elle car elle voyait enfin où Badger voulait en venir.

Il haussa les épaules.

— On ne sait pas vraiment ce que l'on fait, c'est juste une idée qu'on a évoquée parmi d'autres.

— Tu as des charpentiers parmi les anciens soldats ?

— Peut-être, l'un des gars était couvreur. Il a fait cinq ans dans la Marine puis est retourné à la vie civile mais il a eu un grave accident alors qu'il travaillait.

— Et il a été blessé ?

— Assez blessé pour ne plus pouvoir être couvreur à temps plein.

— Et ça lui dirait de travailler avec vous à temps partiel ?

— Ce serait juste une fois, mit en garde Badger.

— Ah ça oui ! Mais Erick ne cherchait pas à faire construire ? demanda Kat avec un large sourire.

— Difficile à dire. Aucun de nous ne sait vraiment ce que l'on fait.

— Et aider Levi ?

— Comme tu le sais, on en a déjà parlé…

Mais il ne dit rien de plus et elle ne voulut pas insister. Comme elle, tous aimaient prendre le temps avant de prendre une décision.

— Mangeons !

BADGER SE DEMANDA s'il devait lui dire que quelqu'un s'était introduit sur leur terrain ce jour-là. Il lui avait semblé entendre frapper alors qu'il était près de la piscine mais le temps qu'il arrive à la porte, personne n'était là. Il n'aurait rien relevé jusqu'au moment où, entrant dans la cuisine, il lui sembla que quelqu'un faisait le tour de la maison. Dotty se précipita vers les portes vitrées en aboyant et, lorsqu'il sortit, une femme les regarda lui et sa chienne avec une certaine inquiétude.

— Oh ! Je prenais simplement des mesures, se justifia-t-elle.

Il fronça les sourcils sans comprendre.

— C'est une certaine Kat qui a demandé ça, j'ai frappé pour voir si quelqu'un était là…, fit-elle nerveuse.

Badger hocha la tête.

— J'étais dans la piscine mais je suis sorti quand j'ai cru entendre la chienne aboyer.

Elle récupéra son sac à main puis quitta rapidement la propriété.

— Je reviendrai plus tard.

Il resta là un long moment puis retourna au bord de la piscine alors qu'elle contemplait une large étendue herbeuse dans le jardin dont c'était l'un des plus jolis endroits car il y avait planté une grande quantité de rosiers le long de la clôture. Les roses étaient les fleurs préférées de sa mère. Et il resta là à contempler la maison sans comprendre. Mais qu'est-ce que l'on pouvait bien avoir à mesurer là ? Et qu'est-ce que Kat avait à voir avec cette histoire ?

Mais Badger ne lui posa pas la question et à présent il se demandait s'il fallait la lui poser un jour, parce que si elle mijotait quelque chose, il ne voulait pas gâcher la surprise. Mais, en même temps, c'était un peu dérangeant de se dire que quelqu'un prenait des mesures chez lui.

Et il grimaça. C'était là qu'était le problème. Il voyait cette maison comme chez lui. Sa maison. Et pourtant, comme elle vivait là, c'était aussi la sienne, la leur donc. Elle avait sa propre maison mais s'il voulait qu'elle reste avec lui, il allait devoir commencer à considérer cette maison comme la leur. Alors il s'adossa à nouveau et se détendit en attendant qu'elle ravive la conversation.

— Quoi de beau aujourd'hui ? demanda-t-il en grignotant quelques chips.

— Pas grand-chose, j'ai eu Honey au téléphone, la journée a été bien remplie.

— Comment va-t-elle ?

Elle coula un regard.

— Elle va bien.

— Tout le monde vient toujours ce week-end ?

— J'ai oublié de demander…, dit-elle alors qu'elle allait manger une chips.

— Alors de quoi vous avez parlé ?

— Oh c'était juste un appel pour prendre des nouvelles, fit Kat avec prudence puis elle saisit son hamburger et en prit une grosse bouchée, mettant un terme à la conversation.

Badger repensa à tous les jours fériés qui allaient se présenter dans la deuxième moitié de l'année. Il voulait qu'elle se sente assez à l'aise pour faire tout ce qu'elle avait prévu, mais c'était agaçant. Il n'était pas très porté sur les surprises et encore moins sur les *fêtes* surprises.

— Alors, elle te plaît cette maison ? Est-ce qu'il y aurait quelque chose que tu voudrais changer ?

Stupéfaite, elle le dévisagea, la bouche toujours pleine, alors il lui fallut du temps pour mâcher et avaler sa bouchée avant de lui répondre.

— Je ne changerai rien du tout, elle est tout à fait fantastique ! répondit-elle, étonnée.

CHAPITRE 4

L E LENDEMAIN, KAT reçut un coup de fil de l'organisatrice de mariage à laquelle elle avait fait appel.

— J'ai peut-être tout fait foirer…, annonça Marisa.

— Mais de quoi vous parlez ?

— J'ai regardé sur GoogleMaps pour ne pas avoir à me déplacer, je voulais avoir une idée de l'espace disponible, mais je ne pouvais pas regarder d'assez près alors je me suis dit que si j'allais jeter un coup d'œil rapide sur place, je saurais…, expliqua-t-elle, beaucoup moins enthousiaste qu'à son habitude.

Kat poussa un petit cri étouffé et retomba sur sa chaise.

— Oh non, se lamenta-t-elle.

— Oui, je suis passée hier, j'ai frappé mais comme personne ne répondait, je me suis dit que le champ était libre alors j'ai contourné la maison et j'ai pris des mesures mais je venais juste de finir quand il est sorti de la maison et j'ai peut-être dit que j'étais là à votre demande, dit-elle précipitamment.

Kat se pinça l'arête du nez.

— Oh mon Dieu…

— Je suis désolée, vraiment terriblement désolée…, s'excusa Marisa.

— Oh mon Dieu, répéta-t-elle, ne sachant ni quoi penser ni quoi dire mais fit tout de même la réflexion que ça expliquait ses commentaires mystérieux concernant le réaménagement de la maison la veille au soir.

— Il a dit ça ? Il ne vous a pas demandé ce que je faisais là ? demanda l'organisatrice, tout à fait stupéfaite.

— Non, il s'attend toujours à ce que je parle la première.

— Je n'étais là que quelques minutes, murmura-t-elle.

Kat grogna et regarda par la fenêtre.

— Laissez-moi réfléchir à une manière de remédier à ça.

— D'accord. Mais il y a au moins une bonne chose, ajouta Marisa.

— Laquelle ?

— Vous avez largement la place, fit Marisa avant de raccrocher.

— Quelle différence ça fait qu'il y ait largement la place dans le jardin si Badger devient tellement suspicieux que je ne peux même pas organiser ça ? marmonna Kat.

Son assistant passa la tête par la porte.

— Tu as dit quelque chose ?

Elle fit signe que non.

— Non, je me parlais à moi-même.

— Ça m'a pas l'air bon tout ça, tu as l'air préoccupée ces derniers temps…

Kat acquiesça.

— Oui, mais c'est que j'essaye d'organiser quelque chose en douce mais il se trouve que j'ai peut-être déjà été percée à jour. C'est bien la peine que j'essaye de faire une surprise, fit-elle en se dirigeant vers la fenêtre.

— Hey ! Il faut beaucoup de talent pour organiser une fête surprise !

Le commentaire de Jim eut pour effet de la faire rire.

— Tu veux dire que je n'y arrive pas parce que je n'ai pas le talent nécessaire ?

— Non, non, pas du tout, dit-il précipitamment, mais j'ai un certain talent pour ce genre de choses et j'en organise régulièrement.

Jim avait l'air assez content de lui.

— Ah oui ? Et des mariages surprises ? Tu crois que tu pourrais faire ça ? demanda-t-elle de but en blanc.

Il la dévisagea, un peu perplexe.

— Le mariage de qui ?

Elle le fusilla du regard, il comprit alors.

— Oh mon Dieu ! Tu veux faire la surprise à Badger ? Je ne suis pas certain que ça soit une très bonne idée, commenta Jim en grimaçant, mains sur les hanches.

— J'en suis pas certaine non plus mais c'est à l'ordre du jour en ce moment.

— Eh bien, tu pourrais être très moderne… et le demander en mariage.

— J'y pensais, puis je me suis dit qu'il ne fallait pas que je lui donne le temps de trop y réfléchir. Il doit se retrouver devant le fait accompli. Un jour où il rentre à la maison avec une bonne raison d'être en costard. En fait, j'en ai même rien à fiche qu'il porte ou non un costard. Je serai dans le jardin, à l'attendre, expliqua Kat qui regardait par la fenêtre le ballet des voitures.

— Mais normalement, c'est pas l'homme qui attend la femme dans le jardin ?

Elle rit.

— Si, si mais j'ai pas encore réfléchi à ça.

Jim se rapprocha de son poste d'observation.

— J'aimerais bien pouvoir participer.

Kat lui coula un regard interrogatif.

— Participer à quoi ?

— À tout ! Mon Dieu, ce serait tellement génial !

s'exclama-t-il avec enthousiasme.

Elle le fusilla du regard.

— À moins que Badger se fâche et qu'un coup en traître comme ça l'énerve.

— Tu sais quoi ? Je crois que ça lui ferait vraiment plaisir…

— Qu'est-ce qui te fait dire ça ?

— Parce qu'il fait ça tout le temps. Parce que s'il se fait prendre, il se dira que tu es plus maline que lui et ça, ça lui plairait beaucoup.

— Mais je ne veux pas lui forcer la main. Je veux qu'il m'épouse parce qu'il m'aime…

— Tu ne vas absolument pas lui forcer la main. Il ne va pas t'épouser pour sauver les apparences. Dans le pire des cas, tu prends un grand risque en le mettant comme ça au pied du mur parce qu'il pourrait refuser.

Kat hocha la tête.

— Tu as quelqu'un qui peut t'aider ?

Elle haussa les épaules.

— J'en ai parlé à Honey et elle ne peut pas s'empêcher de vouloir faire ça avec moi.

Jim poussa un petit cri étouffé qui fit se retourner Kat. Il avait un drôle d'air.

— Quoi ?

— Eh bien, ce sera impossible d'organiser deux mariages surprises, si c'est ce que tu te dis. Vous êtes sept, sept femmes, sept hommes… Oh mon Dieu, dit-il en se frottant les mains d'anticipation.

— Impossible, on peut pas faire ça sept fois…

— Et pourtant il le faudra, parce que si un couple n'est pas impliqué, l'homme se sentira négligé, il se dira que sa relation n'est pas aussi solide que les vôtres. Il en serait dévasté. S'il n'y a qu'une seule d'entre vous qui fait ça, tu peux peut-être t'en tirer. Peut-être parce que Badger et toi avez été les premiers à vous mettre ensemble mais les autres n'auront pas de laissez-passer. C'est tous les sept à la fois, pour que personne ne se sente laissé sur la touche. Tu dois trouver une raison pour l'occasion, une raison pour les hommes d'être en costard et qu'ils viennent tous chez toi, fit Jim qui se mit à faire les cent pas.

— Ça, c'est plutôt facile ; ils viennent tous les dimanches.

Il hocha la tête.

— D'accord ! Alors cette fois-ci, on trouve juste l'occasion de rendre ça un peu plus festif.

— Qu'est-ce que tu proposes ?

Jim se retourna.

— Je ne suis pas sûr, faut encore qu'on y réfléchisse, qu'on trouve une bonne raison pour eux de venir sur leur trente-et-un.

Kat acquiesça.

— Ice est prête à nous aider mais je ne sais pas bien quoi lui demander. J'en ai parlé à Stone mais il est horrifié rien qu'à l'idée et a refusé de suite, rit-elle.

Son assistant rit lui aussi.

— Il a une copine, pas vrai ?

— C'est bien ça le problème, qui que l'on essaye d'aider, ils sont tous dans le même bateau. S'ils nous aident, leurs compagnes ou compagnons vont voir ce que l'on organise et ça risque de leur donner des idées et se poser des questions.

Au même moment, son téléphone sonna. C'était Ice. Elle décrocha et fit signe à Jim de retourner à la réception.

— Salut Ice, quoi de neuf ?

— Je crois que je peux mettre Levi dans l'affaire. À dire

vrai, on en a même discuté et je lui ai un peu expliqué ce que tu comptais faire.

— Et comment il a réagi ? Parce que Stone était très certainement terrifié…

Ice rit.

— En réalité, Stone est assez intrigué par l'idée. Après votre conversation, il a pas mal réfléchi à ce qu'il pouvait faire pour t'aider et on a beaucoup parlé tous les trois. On s'est dit qu'on pourrait s'arranger pour faire comme si c'était nos fiançailles. Levi pourrait s'organiser de façon à faire croire qu'il va me demander en mariage. Les gars n'en sauraient rien. Stone s'assure que nous sommes toujours seuls quand on en parle.

Kat écouta Ice expliquer son plan avec stupéfaction.

— Oh mon Dieu !

— Est-ce que c'est trop ? C'était l'idée de Levi et j'étais assez surprise. Bien sûr, c'est uniquement une couverture, ajouta-t-elle précipitamment même si elle était amusée.

— Eh bien, c'est quand même sacrément romantique tout de même. Et je serais très contente si tu venais à te fiancer chez moi, même si ce n'est qu'une couverture. Et puis, ce serait une raison tout à fait recevable pour que les gars se mettent sur leur trente-et-un.

— Oui mais, ça, c'est une combine qui ne marchera que pour eux, tu es supposée ne pas être au courant, il faudra que tu trouves ta propre raison d'organiser quelque chose d'un peu formel.

— Je vais y réfléchir et ça nécessitera beaucoup d'organisation.

— Ah ça c'est certain, je pourrais probablement avoir un peu d'aide venant d'ici si tu ne penses pas à quelqu'un en particulier.

— Mais la vraie question, c'est combien ?

— Combien quoi ? s'étonna Ice.

Kat évoqua la conversation qu'elle avait eu avec Honey et une fois son récit terminé, Ice éclata de rire.

— Mon Dieu, c'est absolument hilarant ! Mais ce serait parfait. Levi pourrait contacter les gars et leur dire ce qu'il prévoit de faire et qu'il veut que ça soit formel. Peut-être le week-end de Labor Day ?[2] On pensait venir ce week-end-là de toute façon…, expliqua Ice.

Kat se mit une main devant la bouche alors qu'elle réfléchissait. Elle ne savait pas quoi dire, mais c'était une idée incroyablement audacieuse.

— Tu crois que ça va pas lui plaire ? demanda-t-elle, inquiète.

— À Badger ? Je crois bien que c'est la seule façon que tu as de le mener à l'autel ! Mais est-ce que je crois qu'il te détestera de faire ça ? Non, absolument pas. Ça montre que tu tiens beaucoup à lui. Et puis, comme je t'ai dit, je n'ai eu qu'une petite conversation sur le sujet avec Levi, rien n'est figé dans le marbre, dit Ice en riant et, au moment où elle allait raccrocher, elle ajouta que c'était particulièrement audacieux de faire quelque chose de ce genre et qu'elle était vraiment navrée de ne pas y avoir pensé avant.

C'était amusant parce que Kat n'avait jamais particulièrement fait attention au fait que Levi et Ice n'étaient pas légalement mariés. Parce qu'ils semblaient déjà mariés et il était évident qu'ils étaient à 100 % dévoués l'un à l'autre même s'ils n'étaient pas fiancés. Ce n'était pas le genre de

---

[2] Le Labor Day, ou fête du Travail1, est une fête fédérale aux États-Unis, célébrée le premier lundi de septembre, pour honorer et reconnaître le mouvement ouvrier américain. C'est le lundi du long week-end connu sous le nom de Labor Day Weekend.

Levi de faire grand cas d'un mariage mais peut-être que pour Ice, il accepterait.

Kat se retourna vers son bureau alors que Jim revenait dans la pièce.

— C'était quoi ça ? Je crois bien avoir entendu parler du mariage…, fit-il, surexcité.

Elle sourit.

— Eh bien, Ice a suggéré quelque chose, répondit Kat qui lui expliqua rapidement l'idée.

Son visage s'illumina et il dansait pratiquement sur place.

— Ce serait parfait ! Je veux dire, pourquoi ne pas profiter pour en faire une grosse fête ?

— Oui mais pourquoi ne pas faire la réception chez Levi ? Il y a trente de ses équipiers qui habitent à Houston et leurs compagnes aussi…

— Peut-être parce que c'est là qu'aura lieu le mariage. S'il fête les fiançailles avec vous, il pourra se marier chez lui…

Kat eut un sourire entendu.

— C'est parce que tout sera du chiqué que ça pourrait marcher, fit-elle et à présent qu'elle comprenait comment rendre ça possible, elle commençait à se dire que c'était tout à fait possible.

Jim sourit largement.

— Dans ce cas-là, on a beaucoup de pain sur la planche.

— Non, on ne va pas se lancer là-dedans immédiatement. Ce n'est pas parce que je vais peut-être faire le coup à Badger que je suis certaine que toutes me suivront…

— Je suggère très fort qu'on se renseigne, et rapidement. On est déjà mi-juillet, ça te laisse six semaines jusqu'au Labor Day.

— Six semaines ! C'est pas bien long…

— Non, mais ça suffira. Mais c'est un week-end super populaire pour les mariages alors il faut rapidement trouver quelqu'un pour vous marier et réserver aussitôt.

Kat grimaça. Elle ne savait même qu'elle était la confession de chacun. Il suffirait d'une seule personne qui ait besoin d'un mariage strictement religieux pour tout faire capoter.

— Honnêtement, le plus simple, c'est de passer par un magistrat. Quelqu'un qui peut faire le déplacement et le mariage aurait lieu à l'extérieur. Parce que c'est une sacrément belle maison et le jardin est superbe.

— Ok, mais il faudra que le célébrant soit au courant qu'il vient pour sept mariages, dit-elle lentement.

— Oui, mais qu'une seule cérémonie. Il suffira qu'il répète quelques lignes sept fois, fit Jim qui était si surexcité qu'il serrait les mains, la contemplant, absolument prêt à passer à l'action.

Elle leva une main pour modérer ses ardeurs.

— On doit encore attendre un moment.

Il acquiesça mais eut d'un coup l'air un peu dépité.

— Par contre, il faudra me le dire assez rapidement parce que dès qu'on sait, on s'y met…

— Laisse-moi d'abord en parler à Honey, dit-elle en s'asseyant à son bureau, une nouvelle fois seule et jeta un œil à son téléphone puis se fit la réflexion que son amie devait être avec des patients tout l'après-midi alors elle lui envoya un texto.

Appelle-moi avant de rentrer, j'ai parlé avec Ice.

Puis elle téléphona à Minx.

— Quoi de neuf, Kat ?

— Tu as parlé à Honey ?

Minx rit.

— Oui et depuis, je n'arrive pas à penser à autre chose…

— Ah ? Toi aussi… Mais je ne suis pas certaine que ça soit une bonne idée.

— Je crois que ça sera génial, parfait même !

Kat se redressa.

— Comment ça ?

— J'ai toujours pris mes décisions assez rapidement et je suis plus que prête à aller de l'avant dans ce nouveau monde et laisser mon ancienne vie merdique derrière moi. J'ai fait pas mal de changements ces derniers mois mais il en faudra d'autres. Et ça me plaît vraiment, j'aime beaucoup l'idée. Mais il faudra aussi qu'on voie ce qu'en disent les autres, fit Minx en riant.

— Je sais, mais ça donne l'impression qu'on conspire, Badger est déjà suspicieux.

Minx éclata de rire.

— Ce ne sera pas simple d'empêcher nos sept SEAL su-rentraînés de découvrir le pot aux roses, alors le plus tôt sera le mieux, admit-elle.

— Le week-end de Labor Day, ça irait ?

— Quoi ? Tu comptes vraiment le faire ? s'emballa Minx.

— J'ai eu des nouvelles d'Ice aujourd'hui et elle a propo-sé quelque chose d'intéressant, fit Kat avant de lui expliquer sommairement le plan.

Rapidement, Minx ne put s'arrêter de rire.

— Oh mon Dieu, c'est parfait, absolument parfait !

— Tu penses que c'est crédible ? Tu crois que les gars vont y croire ?

— Eh bien, si ça vient de Levi lui-même, je pense que

oui ! Il est du genre à aller droit au but.

— Tellement !

— J'en parlerai à Faith ! Elle revient demain, je dois la retrouver pour prendre le café avec elle d'ailleurs !

— D'accord ! Ça me manque, parce que je travaille toute la semaine et j'ai du mal à trouver le temps…

— Ça va changer, il va falloir que tu fasses dès maintenant de la place dans ton emploi du temps. On ne peut pas prévoir de se retrouver avec les filles le week-end et on ne peut pas en parler pendant nos barbecues du dimanche après-midi, surtout si on veut garder la surprise. Alors, il faut qu'on se retrouve durant nos pauses déjeuner ou nos pauses café pour pouvoir gérer tout ça.

Minx raccrocha peu après et Kat resta là, pensive, contemplant le téléphone. Si Minx en parlait à Faith, elles seraient quatre au courant, il n'en resterait plus que trois. C'est à ce moment-là que Jim entra dans son cabinet.

— Ton patient est enfin arrivé !

Kat le gratifia d'un large sourire.

— Bien, ça me fera penser à autre chose !

Et elle se mit au travail pour le restant de l'après-midi.

BADGER CONTEMPLAIT SES plans et les autres gars regardaient par-dessus son épaule.

— C'est une super idée mais je ne suis pas certain que Morning ait encore eu l'occasion de les regarder, fit remarquer Geir.

— Il faudra certainement qu'elle le fasse, parce que, comme elle cuisine et qu'elle est une artiste, il lui faudra une cuisine digne de ce nom et un atelier bien aéré mais je ne sais pas ce qu'elle pensera du reste de la maison. Mais il y a le temps. Aucun de nous ne veut précipiter les choses, rit Badger.

Geir sourit.

— Levi m'a appelé en début de journée, fit-il de but en blanc.

— Quoi de neuf ? demanda Badger et lui et les gars tournèrent toute leur attention sur Geir.

— Il voulait savoir si j'étais disponible pour jouer les gardes du corps pour quelqu'un qui va venir au Capitole[3] de Santa Fe. Ils s'attendent à ce qu'il y ait des problèmes puisqu'il y a un vote délicat.

— Alors, tu vas amener du renfort ? Tu y vas seul ? s'enquit Badger en fronçant les sourcils.

— Il a essayé de te joindre mais tu ne l'as pas rappelé…

Badger sortit son téléphone de sa poche et jura lorsqu'il vit le texto.

— Je l'ai manqué, j'ai l'impression de ne plus être dans le coup.

— Quelque chose te tracasse ? demanda Geir.

— Kat. Il se passe quelque chose et je n'arrive pas à trouver quoi.

Les gars le dévisagèrent.

Il haussa les épaules.

— Je ne pense pas que ça soit bien important mais ça me titille.

Il savait que les autres comprendraient. Quand quelque chose le taraudait de la sorte, il était pratiquement impossible

---

[3] Le Capitole du Nouveau-Mexique est le siège du gouvernement de l'État et c'est là que se tiennent les débats de l'Assemblée législative. De par sa forme arrondie, il est connu officieusement sous le nom de « Roundhouse » (La maison ronde).

pour lui de lâcher l'affaire et c'était souvent le signe de quelque chose qui méritait toute son attention.

— Ça pourrait très bien ne pas être grand-chose, fit remarquer Erick.

— Je sais. Ce sera sûrement rien du tout, fit-il et il se sentit bien plus léger une fois qu'il eut admis que quelque chose le tracassait.

— Tu as une idée de ce que c'est ? demanda Talon qui était allongé sur le canapé du salon en face de lui.

— Il y avait une femme dans le jardin avec un mètre ruban…, expliqua Badger.

Immédiatement, tous furent sur la brèche.

— Quoi ?!

— On est d'accord… J'ai entendu frapper à la porte. Pour être honnête, je sortais juste de la piscine et j'étais pas beaucoup habillé alors j'ai filé ouvrir, trempé, avec mes béquilles, mais il n'y avait personne. Le temps que je revienne dans le jardin, il y avait une femme qui courait tout autour de la maison. Je l'ai interpellée et elle a souri en s'excusant, disant que c'était Kat qui l'avait envoyée prendre des mesures et ensuite elle a détalé.

— Qu'est-ce qu'en a dit Kat ?

Badger les regarda d'un sale œil.

— Je ne lui ai rien dit.

Les autres le regardèrent longuement.

— Et pourquoi ça ? s'enquit Talon.

— Parce que j'ai l'impression qu'elle se sent chez moi plus que chez nous et je veux qu'elle se sente chez elle. Je lui ai demandé si elle voulait faire des changements à la maison et elle a eu l'air sincèrement choquée et m'a dit qu'elle aimait beaucoup la maison comme elle était, soupira Badger.

Les gars acquiescèrent.

— C'est une chouette maison, confirma Erick, sincère.

Badger acquiesça.

— Mais alors qu'est-ce que fichait cette femme avec un mètre pliant dans le jardin ?

Échangeant des regards perplexes, ses équipiers haussèrent les épaules.

— Pas la moindre idée, fit Talon.

— C'est quand déjà, ton anniversaire ? Peut-être qu'elle veut organiser une fête ? Peut-être qu'elle veut faire installer une cuisine d'été ?

Se faisant à l'idée, chacun se mit à suggérer des scénarios de plus en plus démentiels. Badger se redressa avec un sourire. C'était l'avantage d'avoir de bons amis. Ils ne sautaient pas immédiatement aux conclusions tragiques ou sordides mais ne pensaient qu'à des choses sympathiques.

— Une cuisine d'été, ce serait absolument génial, admit-il.

— Mais pourquoi ferait-elle ça sans te demander ton avis ? demanda Geir.

Il fit signe que non.

— Non, je ne pense pas qu'elle ferait ça sans me consulter parce qu'elle voudrait savoir ce que j'en pense mais peut-être qu'elle fait prendre des mesures pour voir ce qu'il est possible de faire.

Instantanément, il se sentit mieux parce que c'était tout à fait le genre de Kat. Elle était quelqu'un de très généreux et il savait qu'il pouvait lui faire confiance. Elle ne le mettrait jamais sur la sellette et c'était là l'une des raisons qui faisait qu'il l'aimait vraiment. Son acceptation comptait beaucoup.

— C'est tout à fait logique, mon anniversaire est en septembre mais sûrement qu'il faut du temps pour concevoir et assembler quelque chose de ce genre.

—Ah, ça, oui ! Peut-être qu'elle veut changer l'aménagement du jardin, améliorer ce que tu as déjà. Peut-être rajouter des roses…

Badger jeta un coup d'œil à l'endroit où il a surpris la femme.

— C'est un massif de roses…

Les gars rirent.

— Peut être qu'elle veut installer une balancelle ou un hamac, on sait jamais…

Après ça, les gars revinrent à leur conversation sur la construction d'une maison.

— Je crois qu'on peut encore rester locataires un moment, Morning a évoqué l'idée de louer un atelier…

— Et t'en penses quoi ?

— J'aimerais la garder à la maison, au moins comme ça je peux garder un œil sur elle.

— Tu crois qu'elle est toujours en danger ?

— Non, pas du tout, mais j'aime seulement veiller sur elle, admit Geir avec un sourire honteux.

Et, pour la première fois, se dit Badger en se réinstallant dans le canapé, peut-être que Kat avait raison. Tous avaient des instincts protecteurs, leur ancien mode de vie nécessitait d'avoir les capacités à se défendre mais à présent ils n'avaient plus rien à défendre et, s'ils s'ennuyaient, ils allaient finir par faire ce que Geir évoquait : garder un œil sur quelqu'un qui ne voulait pas et qui n'avait pas besoin que l'on garde un œil sur elle. Au bout d'un moment, cela pouvait devenir problématique.

Il décida de partager le fond de sa pensée.

— Vous savez quoi ? Les bergers ont besoin d'un troupeau à garder, les malamutes d'un traîneau à tirer. Tout le monde a besoin d'avoir quelque chose à faire, un objectif à atteindre. Je me demandais, si on a rien sur quoi concentrer nos énergies, ne risque-t-on pas d'envahir, de devenir trop protecteurs vis-à-vis des femmes qu'on aime ?

— Est-ce que tu viens de me traiter de clebs ? grimaça Geir.

— Je crois qu'il nous a tous traités de clebs ! Mais tant qu'il est celui qui fouille dans les poubelles…, rit Erick.

Mais Cade regardait Badger avec respect.

— Je me posais la même question. Avant, on avait des choses sur lesquelles nous focaliser, on partait en mission et, quand on a tout perdu, il a fallu nous concentrer sur nous, prendre soin de nous, guérir. La rééducation. Et ensuite nos recherches sur Mouse. Et nous voilà, après toutes ces aventures, à chercher la nouvelle étape de notre voyage.

— On pourrait monter une agence de sécurité, comme Levi, suggéra Badger.

— On n'a ni l'expérience ni le matériel et encore moins les locaux dont dispose Levi, objecta Cade.

— Non, mais on n'est pas obligés de faire ça de cette envergure. On pourrait se charger de missions spéciales pour Levi, ou même Bullard. Je ne sais pas pour vous, mais j'ai encore pas mal de contacts dans l'armée. On pourrait être impliqués dans des opérations noires, des missions secrètes…

— Mais est-ce que c'est ce que l'on veut faire ? Parce que maintenant, il y a nos compagnes aussi. Est-ce qu'on veut les faire entrer dans ce monde-là ? argua Talon.

Et c'était là où la conversation revenait toujours. Chaque fois, ils en revenaient au point de départ. Ils avaient déjà pensé à ça à plusieurs reprises mais aucun d'eux ne voulait quitter sa compagne ou lui faire prendre des risques inutiles.

— On pourrait faire des recherches en ligne ! Entièrement sur informatique. On connaît beaucoup de gens qui pourraient faire appel à nos compétences.

— Oui, peut-être à temps partiel, mais ça nous démange tous de retourner sur le terrain.

Tous acquiescèrent.

— Et cette idée de travailler avec d'autres gars comme nous ? s'enquit Jager.

— Il faudra d'abord qu'on les forme. Ce serait comme créer des boulots pour d'autres personnes avant nous mais ensuite on pourrait les faire travailler pour d'autres, pour Levi, par exemple, fit remarquer Talon.

— Oui, mais le problème, c'est qu'on ne fait qu'en parler et qu'il ne sort rien de concret de nos discussions.

— Après, il y a aussi la police privée, les chasseurs de primes. Vous savez comme moi qu'on n'a pas de mal à retrouver des malfrats, suggéra Erick.

Le silence accueillit sa réponse.

— Mais ça fait un peu bas de gamme, pas vrai ? poursuivit l'intéressé qui avait relevé lui-même le défaut de son idée.

— Pas nécessairement, c'est juste une question de positionnement, de secteur, de marché. Levi gère beaucoup de trucs top secrets et on pourrait faire la même chose. On n'a pas besoin d'avoir le même équipement que lui, on pourrait faire ça à plus petite échelle, quelque chose de plus restreint. On pourrait lui proposer nos services à lui et à Bullard aussi et même à d'autres comme on en parlait mais on garde ça à taille humaine. On n'a pas besoin de courir aux quatre coins du monde ! Même, on n'est pas obligés de quitter Santa Fe, on pourrait travailler en restant dans nos jardins. Je veux dire, vous avez vu Dennis… Qu'est-ce qu'il se passe quand une affaire dépasse l'entendement de la police ? fit Cade.

— Eh bien, de ce que m'en dit Allison, on garde la paperasse jusqu'à qu'il y ait du neuf mais ils n'ont vraiment que quarante-huit heures par affaire et des budgets restreints…, expliqua Jager.

— C'est certain, mais on a besoin d'argent nous aussi, on peut pas se permettre de travailler bénévolement, insista Talon.

— Non, certainement pas mais on en revient toujours à ça, parce que c'est notre domaine de compétence. Alors ce qu'il nous faut, c'est trouver une façon d'être rémunérés pour ce que nous faisons tout en venant en aide à la communauté, dit Badger.

— Et c'est là où on en reste, on va tous y réfléchir ! On a le potentiel pour faire beaucoup de choses, on a tous des capacités incroyables ! Ce n'est pas juste histoire de s'occuper à tout prix. Il s'agit de trouver ce que chacun d'entre nous veut faire, quelles sont nos compétences et ensuite de trouver où faire usage de ces compétences, fit Erick qui demanda ensuite à Geir si Levi avait besoin d'un autre homme.

— J'espère bien, parce qu'honnêtement, je préférerais passer ma journée à protéger un politicien véreux que de rester un jour de plus chez moi à me morfondre en me demandant quoi faire de ma vie, fit Badger qui plaisantait mais les autres avaient bien compris qu'il était sérieux.

— Rappelle Levi et pose-lui la question. Pour ce que j'en sais, ils peuvent avoir besoin de nous tous…, expliqua Geir.

Badger contempla son téléphone. S'il contactait Levi, ce serait le premier pas dans une direction où il entraînerait les autres avec lui. Ça pouvait tout changer. Est-ce que c'était ce qu'il voulait ?

— Mieux vaut être courageux et faire un pas de travers que d'être poltron et ne jamais avancer, fit remarquer Erick qui se tenait à côté de lui.

Il grogna.

— Bien. Laissez-moi en parler avec Levi, que je sache ce qu'il cherche.

Badger composa le numéro de Levi.

— Désolé, je viens juste de voir ton texto. Quoi de neuf ?

— J'ai besoin d'un détachement pour un meeting électoral.

— Ils n'ont pas ce qu'il faut en ville ?

— La femme de l'un des politiciens nous a contactés, elle ne leur fait pas confiance et elle pense qu'il y a quelque chose qui se trame.

— Et qu'est-ce que l'on aurait à faire ? s'enquit Badger.

— Des yeux et des armes supplémentaires, fit Levi.

— Et de combien de gars as-tu besoin ?

— Vous sept, si c'est possible…, dit Levi qui ne parvint pas à masquer son étonnement.

— Tu payes ? On t'en doit tous une alors on ferait ça gratuitement, se renseigna Badger en plaisantant.

— Pas besoin, la femme paye bien. Et puis, ce n'est que pour une journée, si vous voulez plus de boulot, croyez-moi, j'ai de quoi faire pour vous.

Et Levi raccrocha.

— On n'a encore reçu aucune information, fit remarquer Erick.

— C'est typique de Levi, de nous donner le temps d'y réfléchir et de prendre une décision tous ensemble. Mais si on prend cette décision, ça va changer notre avenir. Parce que si on va dans cette direction, on risque de faire ça plus souvent. On va voter, fit Badger.

Et il balaya la pièce du regard et à sa grande satisfaction, tous levèrent la main y compris lui-même.

— Bon, eh bien, c'est fait, je vais rappeler Levi.

CHAPITRE 5

K AT ENTRA DANS le restaurant au pas de course.

La serveuse l'interpella et lui fit signe.

— Vos amies sont déjà là !

Elle hocha la tête et prit la direction de l'arrière-salle.

— Puis-je à avoir un café s'il vous plaît ?

La serveuse, que toutes connaissaient par son prénom, Hindy, acquiesça en souriant. Une fois dans la petite salle, Kat se rendit compte qu'en effet les six autres femmes étaient déjà installées. Elle s'assit sur la chaise libre la plus proche.

— Wahou ! J'étais pas certaine d'y arriver.

— Attendez un moment, c'est pas la première fois qu'on se retrouve toutes ensemble sans les gars ? fit remarquer Faith en riant.

— Hey ! Ce n'est pas si facile à faire quand on sait qu'ils sont tous à la maison. Mais maintenant qu'ils bossent un peu à l'extérieur, on devrait pouvoir se retrouver plus facilement, protesta Minx.

— J'insiste, ils devraient monter leur propre boîte, dit Allison.

— C'est en cours… Aux dernières nouvelles, ils envisageaient de monter une société de portage[4] qui leur permettrait de préciser ce qu'ils veulent.

— C'est cool d'avoir des contrats individuels de temps en temps en bossant pour Levi. Mais pour couvrir les frais généraux et les frais d'assurances, il faut vraiment qu'ils montent leur boîte, ajouta Faith.

— Et vous pensez quoi du fait qu'ils aient leur propre entreprise ? s'enquit Morning.

— C'est plutôt bien, dit Kat.

— Je l'ai dit aux autres, fit Honey à son intention.

— Oh. C'est un peu fou comme idée, pas vrai…, fit Kat qui se sentit rougir.

Minx sourit largement.

— Je t'ai déjà dit ce que j'en pensais et je trouve toujours ça aussi génial.

Allison rit.

— Il semble que c'est un peu tôt pour penser mariage, du moins pour moi, mais si on veut faire ça toutes ensemble, ce sera sûrement la façon la plus efficace d'y arriver.

Faith acquiesça.

— *Façon la plus efficace*, j'aime bien l'idée !

— Mais il va falloir qu'on se mette d'accord sur beaucoup de choses, dit Kat.

— Exactement ! Et il y en a quelques-unes qui sont de première importance. Il faut qu'on choisisse un jour sur le long week-end et qu'on s'y tienne, parce qu'il y aura beau-

---

[4] Le portage salarial est une forme d'emploi impliquant une relation tripartite entre un travailleur salarié, un client et une entreprise de portage salarial. Elle est à mi-chemin entre entrepreneur et salarié, ce qui permet de développer une activité professionnelle indépendante, tout en conservant certains avantages d'un salarié classique.

coup trop de choses qui rentrent en ligne de compte. Alors c'est quelqu'un comme Faith qui aura le plus de mal à trouver le temps, fit Honey qui sortit un bloc-notes et un stylo.

Faith fronça les sourcils, perplexe.

— Pourquoi moi ?

— Parce que tu voles les week-ends et qu'on aurait espéré faire ça le week-end pour que Kat et moi soyons disponibles. Morning peint alors son emploi du temps est un peu plus souple. Minx, tu vas bientôt commencer ton nouveau boulot, et ce sera uniquement en semaine, pas vrai ?

Minx acquiesça.

— Oui, du lundi au vendredi, dans un foyer pour femmes victimes de violence.

— Mais tu peux être d'astreinte en cas d'urgence le week-end aussi ? Si tu peux éviter ce week-end-là…, s'enquit Kat.

— J'imagine que c'est possible, si c'est mon mariage, je devrais pouvoir, oui ! plaisanta l'intéressée en haussant les épaules.

— Je dois bientôt poser des congés alors je ne pense pas que ça sera un problème pour moi, je prendrai tout le week-end, fit Faith.

— Parfait !

Faith se pencha en avant avec des airs de conspiratrice.

— Si on veut s'organiser des lunes de miel, je pourrais peut-être m'arranger…

Kat se redressa.

— Des lunes de miel… Je n'y avais même pas pensé…

Les autres rirent.

— Il y a des chances qu'on fasse ça individuellement plus tard, fit Clary.

— Et Levi et Ice ? Qu'est-ce qu'ils ont dit d'autres ? demanda Honey.

Kat haussa les épaules.

— J'ai discuté avec Ice il y a quelques jours et elle a trouvé quelques idées et Levi aussi. Dès qu'ils ont du concret, ils nous tiennent au courant.

— Mais le week-end de Labor Day, c'est sûr ? voulut savoir Honey.

Kat acquiesça.

— Alors on organise quelque chose en milieu d'après-midi et on se marie toutes ensemble en début de soirée ?

Toutes les femmes hochèrent la tête.

— Ce sera sûrement le plus simple.

— Tout dépendra de l'excuse qu'on se trouve. On va devoir y réfléchir ! dit Honey qui continuait de prendre des notes.

— Si on doit être prêtes, il nous faudra aussi des robes de mariée. Est-ce que quelqu'un est décidé pour une couleur en particulier ? demanda Kat.

— Quand j'étais enfant, j'imaginais toujours un mariage en blanc mais à présent, je suis ouverte à tout, rit Morning.

Les femmes échangèrent des regards.

— Je dois admettre que j'aurais préféré du blanc, fit Faith en haussant les épaules.

Kat hocha la tête.

— Je n'ai pas de problème avec le blanc. Allison, tu as déjà été mariée, est-ce que ça te poserait un problème ?

— Non, le blanc serait parfait, mais le seul problème, c'est que si on est toutes en robe blanche la veille du jour prévu pour la cérémonie, ça va leur mettre la puce à l'oreille, fit Allison.

— C'est vrai, alors il faut qu'on ait toutes nos robes de

prêtes dans ma chambre d'amis et vous venez toutes vous changer ou alors il faut que les robes aient l'air assez ordinaires pour que ça ne se remarque pas.

— Quelle que soit l'excuse que l'on trouve, il faudra une raison valable pour avoir un photographe, souligna Minx.

— Clary, tu as quelque chose à ajouter ?

Clary haussa les épaules.

— Moi ça me plaît assez, je ne m'étais jamais attendue à avoir un mariage blanc avec tout le tralala mais je suis assez excitée à l'idée de pouvoir concrétiser ça avec Talon.

— Et il y a deux questions qui se posent avant que j'oublie. Est-ce qu'il y a un facteur religieux à prendre en compte pour l'une d'entre nous ?

— Je suis croyante, j'ai été élevée dans une famille évangéliste, mais avec mon emploi du temps, ça fait des lustres que je ne suis pas allée dans une église, admit Faith.

Quelques-unes d'entre elles avaient grandi dans des familles catholiques mais ne se considéraient plus croyantes et pour toutes, la religion ne posait pas de problème.

— Alors un célébrant ira pour tout le monde ? s'enquit Kat.

— Ça m'a l'air bien, fit Minx et toutes acquiescèrent.

— Et ensuite, est-ce que quelqu'un a de la famille très proche qu'elle voudrait inviter pour la cérémonie ?

Toutes se mirent à réfléchir mais presque à l'unanimité, firent signe que non.

— Non, mais je crois que je préférerais prendre des congés plus tard pour aller les voir. Mon oncle est dans le Maine, je préfère encore passer le voir dans ses conditions à lui. Et que Laszlo vienne avec moi, expliqua Minx.

Les autres acquiescèrent.

— Et tu crois que la famille de Laszlo pourra faire le déplacement ? demanda Kat.

— Je ne pense pas qu'ils soient assez en forme pour ça. Et puis, ça risque d'être trop évident que l'on prépare quelque chose…

— Je n'ai plus de famille, je n'ai plus que Talon, dit Clary en haussant les épaules.

— Tu as une nouvelle famille désormais, n'oublie jamais ça ! insista Morning qui agrippa ses mains pour la rassurer, ce qui la fit sourire.

— On est vraiment en train de le faire ! On est vraiment en train de réunir sept hommes au même moment pour les épouser…, s'émerveilla Clary.

Kat les regarda les unes après les autres.

— Au départ, c'était juste pour moi, hein ! Mais ensuite Honey a cru que c'était une bonne idée et je me demande s'il faut vraiment faire ça toutes les sept ?

— Oui, fit Clary, ces hommes ont un lien que je pense n'avoir jamais vu. Et à cause de ça, je crois qu'ils se sentiraient mis à l'écart si un, deux ou trois d'entre eux venaient à se marier et pas les autres et se demanderaient pourquoi leurs compagnes ont refusé.

Kat acquiesça.

— C'est bien ce que je me disais. Personne n'a d'objection alors ?

Toutes échangèrent des sourires malicieux et levèrent la main.

— C'est donc à l'unanimité que nous déclarons que cela se passera le week-end de Labor Day. Et il faut aussi que l'on décide si on choisit le même style de robe. Nous avons toutes des morphologies différentes et je crois que chacune peut avoir sa robe mais restons assez similaires dans la forme, reprit-elle.

— Des robes de mariée d'été toutes simples qui pourraient convenir pour un mariage en soirée début septembre, ce serait parfait. Mais si on doit toutes porter du blanc, je propose qu'on choisisse chacune une couleur différente pour les rubans, les bouquets et tout le reste pour aider à nous distinguer les unes des autres et puis nous aurons les cravates et les boutonnières assorties pour nos hommes…, suggéra Faith et sa proposition fut accueillie avec un cœur de « oh » et « ah » approbateurs.

— Est-ce que je peux être couleur pêche alors ? fit Clary en souriant.

Honey acquiesça.

— Je n'ai pas d'objection à ça, quelqu'un d'autre ?

Toutes choisirent une couleur et, une fois que les choix furent arrêtés, il y avait couleur lavande, fuchsia, violet foncé, turquoise et pêche puis ce fut le tour de Kat de choisir sa couleur.

— Moi je vais prendre jaune et ça te laisse choisir, quelle couleur te plairait ? demanda Honey.

— Est-ce que ça dérange quelqu'un si je choisis rouge ? demanda-t-elle.

Toutes sourirent largement.

— Parfait ! Et le genre de robe, robe longue coupe crayon ? se renseigna Honey.

— Un voile ? Une traîne ? suggéra Kat.

Immédiatement, toutes firent signe que non.

— Donc pas de traîne, pas de voile non plus mais si vous voulez quelque chose en particulier, n'hésitez pas à le dire, parce que c'est quand même votre mariage !

— Est-ce que quelqu'un a réfléchi à ce qui se passerait si l'un des gars refusait ? Ou s'ils n'étaient pas tout à fait ravis à l'idée de se marier ? s'enquit Morning.

— Est-ce que quelqu'un ici doute d'avec qui elle veut finir ses jours ? Je sais que c'est une question difficile parce qu'on s'est toutes mis en couple rapidement dans des conditions tumultueuses mais je n'ai aucun doute personnellement, fit Kat à mi-voix et très calmement.

Allison gloussa.

— Je suis la dernière à avoir rejoint le groupe et ça ne fait que quelques semaines que je suis avec Jager. J'ai plus d'expérience d'une certaine façon, parce que j'ai déjà été mariée quelques années mais je n'ai pas ressenti quelque chose d'aussi fort aussi rapidement même après mon premier mariage et, parfois, je m'en veux.

— Ça se comprend, un peu comme un syndrome du survivant mais tu dois te laisser ressentir toute la joie que ça te procure d'être amoureuse d'un homme bien. Tu as eu beaucoup de chance à deux reprises, fit Morning avec douceur.

— Merci, Morning, je tâcherai de m'en souvenir, acquiesça Allison.

Morning se reconcentra sur l'ensemble du groupe.

— On est toutes d'accord et on imagine que nos gars seront tous ravis, parce que si ce n'est pas le cas, ils l'auront très bien caché, rit-elle et toutes les femmes avec elle.

— Il faut aussi qu'on pense aux bouquets. Est-ce qu'on veut sept bouquets identiques en ne changeant que la couleur du ruban ou alors chacune un bouquet d'une couleur et d'une composition différentes ? demanda Faith.

— Je crois qu'on peut faire des bouquets différents mais revenons-en aux robes. Essayer de se mettre toutes les sept d'accord sur une robe, ça risque d'être un peu plus difficile. Mais je dois admettre que j'avais ça en tête depuis un sacré moment et à dire vrai, Kat et moi on en parlait depuis longtemps… J'ai toujours rêvé d'une robe comme celle-ci, fit Honey en retournant son bloc-notes dont elle tira une esquisse.

Le groupe se fit passer le dessin.

— C'est très simple, j'apprécie, j'ai horreur des nœuds et autres fanfreluches. La simplicité, ça me plaît. En fait, j'aime vraiment ! Vous savez, le plus simple, ce serait qu'on fasse une variation moindre sur cette robe, comme ça on aurait le même style mais avec chacune sa personnalité. Et un bouquet coloré assorti aux boutonnières de nos gars et je crois honnêtement que ça sera très bien, commenta Minx, qui refit passer à toutes l'esquisse et chacune des femmes autour de la table sourit.

— Si quelqu'un d'aussi généreusement pourvu que moi peut rentrer dedans, moi ça me va. Parce que si ça pouvait m'aider à avoir l'air mince…, fit Morning.

Toutes les autres femmes la dévisagèrent.

— Morning, tu es parfaite comme tu es, tu as des courbes, ma belle, et ce n'est pas tout le monde qui peut s'en vanter. Moi je suis plus masculine et, pourtant, ce style m'irait très bien aussi, fit Allison avant de féliciter Honey pour son talent et de dire que même lors de son premier mariage, qui avait été religieux, elle n'avait pas porté une robe aussi jolie.

— Je ne m'attendais même pas à me marier alors je suis tout à fait d'attaque pour avoir une robe de circonstance, surtout aussi jolie, Honey, complimenta Clary.

— Dans ces cas-là on aura besoin d'une couturière, et oui, j'ai déjà quelqu'un en tête et il nous faudra au moins une si ce n'est pas deux coiffeuses le matin du mariage, fit Honey.

Toutes acquiescèrent.

— Probablement même trois, parce qu'on est tout de même sept et on n'aura pas beaucoup de temps pour ça.

— Alors trois, peut-être qu'un salon a trois très bonnes coiffeuses, murmura Honey pour elle-même.

Kat regardait toutes les femmes interagir entre elles. Elles étaient toutes indépendantes et capables de s'imposer mais elles étaient des filles faciles à vivre qui savaient ce qui comptait vraiment dans la vie et ce n'était pas une question de robes mais uniquement les hommes qu'elles allaient épouser.

— Et la musique ? s'enquit-elle.

On fronça les sourcils, pensives.

— Pas la moindre idée, je suis pas très branchée musique, fit Clary.

— Quelqu'un s'y connaît ? se renseigna Minx.

— Moi oui, je peux faire une sélection, tant que ça plaît à tout le monde…, acquiesça Faith.

— Si tu trouves quelque chose, on peut toutes écouter et voir s'il y a des changements à faire mais tant qu'on s'emballe pas trop, ça devrait le faire, dit Kat.

— Quelque chose de léger et joyeux ? demanda Faith.

Toutes hochèrent la tête.

— Moi ça me va alors !

— Et le repas ? demanda Kat.

— J'aurais bien dit que je l'aurais fait mais je ne suis pas certaine de vouloir, admit Morning.

Kat tapota le bloc-notes d'Honey.

— Mets Ice sur la liste, s'il te plaît.

— Mais Ice ne cuisine pas ! s'étonna Honey.

— Mais Alfred, oui, et Bailey l'aide pas mal, sourit Kat.

— Et ils sont doués ? s'enquit Morning en se mordant la lèvre inférieure.

— Il faut vraiment que tu les rencontres tous les deux, dit Kat avec un sourire.

Morning eut l'air enchantée.

— J'aurais aimé préparer le repas de mon mariage, c'est beaucoup de travail et je veux vraiment profiter de la journée.

— Et qu'est-ce qu'on boit ?

Et elles continuèrent comme ça, passant en revue les sujets les uns après les autres et le temps qu'elles arrivent à la liste d'invités, le flot d'idées coulait librement. Et lorsqu'on les servit, Kat fut surprise que l'on dépose devant elle une salade et des aiguillettes de poulet et demanda si on avait passé commande pour elle.

— Bien sûr ! Sinon tu n'aurais jamais mangé, rit Honey.

Kat sourit et commença à manger. Elle n'était pas certaine de savoir comment cela se faisait qu'elle soit aussi chanceuse. Non seulement elle avait à présent Badger dans sa vie mais aussi un groupe d'amies chaleureuses et attentionnées, ce qu'elle n'aurait jamais imaginé un jour et dont à présent elle n'imaginait plus se passer.

BADGER RENTRA, POSA sa mallette sur sa chaise de bureau, descendit les escaliers, retira son manteau qu'il rangea dans la penderie de la chambre et enfila rapidement son slip de bain. Il prit alors la direction de la piscine. La journée avait été terriblement longue.

En passant par la cuisine, il vit Kat au téléphone, un bloc-notes devant elle.

Elle releva la tête, surprise de le voir, et sourit, refermant promptement le bloc-notes.

— Il faut que je file, Badger vient de rentrer, je te rappelle plus tard, dit-elle à son interlocuteur avant de raccrocher rapidement.

Il fronça les sourcils, perplexe, et l'embrassa sur le front.

— Hey ! Tu n'étais pas obligée de raccrocher juste parce que je viens de rentrer, protesta-t-il.

— Pas de soucis, rit-elle.

Mais si, c'était un souci, seulement il ne savait pas pourquoi. Il n'aimait pas les secrets mais il fallait reconnaître que ça pouvait être une bonne chose, il alla récupérer une bière dans le réfrigérateur.

— Des idées pour ce soir ?

— Des filets de poulet ? Mais j'attendais que tu rentres même si je ne t'attendais pas de suite. Comment ça s'est passé avec l'avocat ?

— Bien, on a beaucoup parlé entre nous, l'avocat a géré toute la paperasse et on devrait pouvoir signer le contrat dans quelques jours…

— Mais c'est génial ! C'est un sacré chemin que vous avez fait ! Vous vous êtes décidés pour quel nom ?

— Titanium Corporation ! *Des hommes en transition qui ne craignent ni l'eau ni la corrosion, forts et résistants… quels que soient vos besoins…*

Elle le dévisagea et sourit.

— Les SEAL ne craignent pas l'eau, vous êtes forts à l'intérieur et à l'extérieur et vous êtes certainement les hommes les plus honorables que je connaisse et vous êtes tout à fait résistants à la corrosion, j'aime beaucoup.

— Et on est tous de nouveau sur pieds grâce à des prothèses en titane de ta confection, fit Badger.

— C'est parfait et ça correspond à tous les hommes impliqués tout en vous laissant une ouverture pour tout ce que vous pourriez avoir envie de faire ensuite. Il était temps, déclara Kat.

— On ne voulait seulement ne pas sauter le pas tant qu'on n'était pas prêts et même encore maintenant, on n'est pas tout à fait certains de ce que l'on fait.

— Bien compris. J'ai décongelé et fait mariner les filets de poulet mais je savais pas comment tu voulais les faire cuire, dit-elle en récupérant la viande dans le réfrigérateur.

— On peut faire des brochettes de légumes et on passe le tout au barbecue, déclara-t-il en récupérant les légumes qu'il commença à préparer.

Kat sourit et commença à s'affairer à ses côtés et ils passèrent plusieurs minutes en silence.

— L'anniversaire de Talon est en septembre, comme toi, non ? demanda-t-elle à brûle-pourpoint.

— Oui, il est du 7. Pourquoi ça ? s'étonna Badger.

— Je me posais seulement la question.

— Je crois même qu'on est plusieurs à être de septembre, dit-il en haussant les épaules.

— Ça serait sympa de faire une grosse fête pour l'occasion !

Il prit un instant pour réfléchir et acquiesça.

— Je suis toujours d'attaque pour faire la fête, surtout avec les gars.

— Je ne te le fais pas dire, rit-elle.

— Et ce n'est pas un problème ?

— Absolument pas et peut-être que s'il y a plusieurs anniversaires, on pourrait inviter des gens en dehors du groupe aussi ?

— Vas-y, invite qui tu veux…

Kat eut l'air ravi.

— Tu sais, t'es sacrément généreux !

Il passa un bras sur son épaule et lui embrassa délicatement la tempe.

— Si tu es heureuse, je suis heureux.

Elle releva la tête et déposa un baiser léger sur ses lèvres.

— J'espère que tu ne le regretteras pas…

Badger rit bruyamment.

— Ok, maintenant, tu me fiches la trouille, qu'est-ce que tu mijotes ?

— Oh, je pensais organiser une fête surprise mais je me suis dit que tu n'aimerais pas les surprises alors j'ai pensé que si je t'en parlais, ça ne te dérangerait peut-être pas autant que j'organise une grande fête. Mais ça restera une surprise pour le reste de l'équipe, d'accord ?

— Pas de problème et, tu as raison, je ne suis pas particulièrement porté sur les surprises alors je te remercie de m'avoir mis au courant.

— Ça ne te dérange pas si je m'occupe de tout ?

— Pas le moins du monde, moins j'en ai à faire mieux ça vaut.

Kat rit et alla récupérer son bloc-notes qu'elle rangea dans le tiroir à côté du réfrigérateur.

— Je finis de préparer les légumes, tu peux aller mettre le barbecue en route ?

Il acquiesça et se dirigea vers le grill et, du coin de l'œil, il la regarda ressortir le bloc et prendre quelques notes. À présent, il était beaucoup plus heureux et tranquillisé de savoir que c'était une fête surprise qui occupait les pensées de Kat. Il n'aimait pas beaucoup ce genre de choses, il avait du mal avec les changements et, à dire vrai, avait même du mal avec beaucoup de choses. Et le fait qu'elle n'ait pas essayé de le surprendre complètement le rassurait. Et ce n'était pas une mauvaise chose en soi, en particulier parce que plusieurs des gars avaient effectivement leur anniversaire en septembre et que, s'il se souvenait bien, un ou deux étaient d'août. Ils allaient pouvoir avoir une fête d'anniversaire à tout casser ; il sourit, l'idée lui plaisant beaucoup.

Quelques minutes plus tard, Kat arriva avec deux assiettes, une de poulet et l'autre de légumes enfilés sur des brochettes et il mit le tout sur le grill chaud.

— Est-ce que tu aimes organiser ça toute seule ou c'est trop pour toi ?

— J'aimerais bien pouvoir faire ça seule. J'essayais de voir la place disponible ici, si on peut organiser la fête dans le jardin, dit-elle.

Badger sourit largement, sa dernière inquiétude disparaissant. C'était pour ça que la femme était venue alors…

— J'ai bien vu quelqu'un dans le jardin avec un mètre, admit-il.

— Oui, elle est venue parce que je ne pouvais lui donner les dimensions, elle s'est dit qu'elle pouvait venir jeter un coup rapide même si elle a frappé et comme elle n'avait pas de réponse, elle est venue prendre rapidement les mesures, fit Kat, un peu penaude.

— Est-ce que tu as besoin d'embaucher quelqu'un ?

Elle rit.

— Non, c'est une amie à moi, elle aime vraiment organiser ce genre de choses mais je dois admettre qu'elle a dépassé les limites en rentrant et prenant les mesures, ce que j'aurais pu faire à l'occasion.

— Tu ne feras que ce qui est agréable à faire, je te remercie de me l'avoir dit et je te promets que j'en toucherai pas un mot aux gars.

— Bien ! Vous êtes cinq à avoir vos anniversaires sur ces mois alors pour moi c'est une excuse plutôt correcte pour faire la fête. J'aimerais bien faire ça le week-end de Labor

Day.

— Ça doit être faisable, on a assez de temps pour ne pas avoir à accepter de travailler ce week-end-là, dit-il après un instant de réflexion.

— Est-ce que tu peux trouver une excuse pour les gars ? Même si tu es au courant, je voudrais que ça reste une surprise pour les autres…

Badger acquiesça.

— Par contre, il faudra une bonne raison, quelque chose qui ne gâche pas ta surprise !

Elle regarda, emplie d'espoir.

— Mais tu peux, pas vrai ?

— Je trouverai bien, soupira-t-il.

Kat parut aux anges et c'est à ce moment-là qu'il se rendit compte à quel point il était amoureux. Tout ce qui la rendait heureuse le rendait heureux lui aussi. Mince, ça lui donnait l'air d'être un chiot enamouré. À dire vrai, il était très amoureux et il la serra contre lui.

— Si tu veux avoir quelques invités de l'extérieur, tu peux proposer quelques-unes de nos chambres mais pas trop de monde, hein…, suggéra Badger.

Elle rit et resserra son étreinte.

— Je t'ai déjà dit que je t'aimais ?

— Oui, mais aujourd'hui pas encore…

Elle releva la tête et ses yeux furent comme deux immenses océans où il aurait pu se noyer. Regard grand ouvert, accueillant et si empli d'amour qu'il se demandait comment il avait pu être aussi chanceux. Il l'embrassa délicatement.

— Tu sais, si on n'avait pas déjà mis la viande sur le barbecue…

Elle lui tira l'oreille.

— Après dîner, tu sais qu'on ne manquera absolument

pas de temps pour que tu me voies…

— Alors piscine après dîner ?

— Piscine, bien sûr ! Je crois que ça sent le brûlé…, rit-elle.

Jurant, Badger se précipita vers le grill.

CHAPITRE 6

POUR LE TROISIÈME lundi consécutif, Kat entra pratiquement en courant, et en retard, dans le restaurant et s'assit à côté d'Honey.

— Mais comment vous arrivez si vite ici ? Je fais tout ce que je peux pour arriver à l'heure mais on dirait bien que je vais jamais y arriver, se lamenta Kat.

Honey regarda son amie en souriant.

— Quand est-ce que tu t'apercevras que mon cabinet est au coin de la rue ? sourit Honey.

Kat la dévisagea et cligna des yeux, pensive.

— Wahou ! Pourquoi je n'y ai pas pensé plus tôt ?

— Parce que tu penses à beaucoup de choses en ce moment…

Elle leur avait déjà expliqué la suggestion de Badger quant à garder secrète la grosse fête d'anniversaire une surprise pour tous les gars sauf lui. L'idée avait beaucoup plu au groupe et, la semaine précédente, elles s'étaient affairées à régler les détails du mariage : les arrangements floraux, les choix musicaux et la décoration et il fallait organiser un mariage pour sept couples qui devait avoir l'air d'être un anniversaire surprise pour cinq gars. Alors, dès que quelqu'un s'égarait et que sa suggestion devenait trop spécifique à un mariage, une autre la remettait sur la bonne voie même si jusqu'à présent les idées prenaient forme sans trop d'effort.

Morning entra dans la pièce au même moment.

— Je viens d'avoir Ice au téléphone : nous sommes au courant des fausses fiançailles mais Levi n'a encore rien dit à Badger mais elle m'a assurée que Levi allait l'appeler aujourd'hui pour lancer la machine.

Et elle avait aussi suggéré qu'Alfred et Bailey viennent avec eux au Nouveau-Mexique pour aider à préparer le repas. Même si elle avait aussi dit que beaucoup de choses pouvaient être préparées à l'avance et ils les amèneraient directement.

— Mais où est-ce qu'ils peuvent s'organiser ? demanda Kat.

— C'est toi qui as la plus grande cuisine, Kat, fit remarquer Honey à mi-voix.

— Exactement !

— Et moi la plus petite mais on peut répartir entre nous, fit Morning.

— Badger m'a bien dit que je pouvais bien inviter quelques personnes…

— Bonne chose ! Mais il reste que nous n'avons pas de raison pour qu'ils se mettent sur leur trente-et-un pour notre pseudo grosse fête d'anniversaire.

— Non mais je pensais qu'en costard ça irait aussi, pas besoin de smoking…, fit Minx.

— On n'a pas de raison particulière pour qu'ils soient habillés de façon aussi formelle, souligna Clary.

Toutes les femmes se mirent à réfléchir chacune de leur côté.

— Les gars apprécient vraiment Levi, pas vrai ? demanda Allison.

Kat acquiesça.

— Sans parler du fait qu'il les a beaucoup aidés dans

leurs recherches dernièrement alors si Levi leur demandait de porter un costard ou même un smoking, ils obtempéreraient sans aucun doute.

— Mais est-ce que c'est le genre de Levi, quelque chose d'aussi formel ? s'inquiéta Minx.

— Ice a dit que s'ils devaient partir en lune de miel, il la kidnapperait parce que ça serait tout à fait hors-norme, mais de la même façon, il organiserait des fiançailles formelles parce qu'elle ne s'y attendrait pas.

— Wahou, trois fêtes surprises en une ! s'exclama Honey les yeux écarquillés tant la réalisation était incroyable et il n'y avait pas qu'elle qui était impressionnée.

— C'est quand même plutôt cool en fait. Alors, après que Levi a appelé Badger, tous les gars se mettent sur leur trente-et-un pour lui, parce qu'à la fête surprise de fiançailles/anniversaire/mariage, il va demander Ice en mariage et comme il est impossible qu'elle refuse, tous font ce qu'il faut pour l'occasion. Par chance pour Badger, Kat veut organiser une grosse fête d'anniversaire et ce sera aussi la fête surprise des fiançailles de Ice parce que les gars ne nous en parleront pas de peur qu'on n'arrive pas à garder ça secret. Mais les gars sauront ce qui se trame alors ils seront tout sourire.

— Et ce sera une excuse parfaite pour un photographe, fit Clary.

— Et pendant ce temps-là, Ice devra faire comme si elle n'était au courant de rien. Et nous aussi d'ailleurs, ajouta Morning.

— Pour la demande en mariage surprise, mais elle sera au courant parce que ça fait partie du plan pour que nos hommes se marient. Vous en pensez quoi ? demanda Kat triomphalement.

À l'unanimité, toutes acquiescèrent.

— Ça va marcher, ça me plaît vraiment. Vous savez, c'est tellement incroyable que les gars ne verront rien venir, fit Faith.

Toutes rirent.

— On a encore des choses à mettre au point, pas vrai ? demanda Kat.

— Oui ! Et la nourriture n'est pas des moindres, fit Honey en vérifiant son bloc-notes.

Les regards convergèrent vers Morning.

— Est-ce que tu as eu le temps de trouver un menu ? s'enquit Kat.

— J'ai une liste de suggestions, j'ai essayé de trouver des choses qu'on peut préparer à l'avance pour qu'on fasse plus tard ce qui est un peu plus recherché, répondit Morning sur un ton hésitant.

— Oh, ça, c'est une bonne idée, parce que si on amène de suite les trucs un peu chic, ça risque de leur mettre la puce à l'oreille, fit Clary.

— Exactement ! Et ce qui va être intéressant, c'est de savoir quelle excuse les gars vont trouver pour nous dire de nous mettre sur notre trente-et-un pour cette supposée fête d'anniversaire sans nous parler de la demande en mariage de Levi. J'ai hâte de voir ce que va trouver Badger, dit Kat à la plus grande joie du groupe.

— Alors on aura besoin d'une tenue particulière et les robes de mariage et après le mariage on mettra quoi ? s'enquit Allison.

— Eh bien, comme nos robes ne seront pas ces espèces de meringue avec une traîne, on peut les porter toute la soirée aussi, mais concentrons-nous d'abord sur le repas, fit Faith.

Morning lista rapidement ses propositions.

— Pour le buffet avant la cérémonie, on en reste à des choses faciles à manger : des ribs, des petits sandwichs, des petits desserts, des cupcakes individuels mais pas trop de choses. Par contre, après le mariage, je propose des canapés, peut-être des petits cheesecakes. Des choses faciles à manger un peu plus chics en fait, plutôt qu'un grand dîner formel. J'aurai l'estomac noué jusqu'au moment de la révélation ultime alors je préfère ne pas trop manger avant.

— La révélation ultime, j'aime beaucoup ! C'est comme ça qu'il faudrait appeler cet épisode de nos vies, la grande révélation, fit Kat.

— Peut-être la grande magouille aussi… Je dois admettre que je suis encore un peu inquiète, dit Faith.

— Ce n'est pas nécessaire, Cade est absolument fou de toi, fit Morning avec douceur.

— Je sais mais j'ai quand même l'impression qu'on les met un peu au pied du mur, que c'est un peu une magouille…, poursuivit Faith.

— S'il te faisait le coup, tu réagirais comment ? Parce que moi je serais absolument ravie. Mais je crois que les gars ne se sentent pas entiers et, au fond, ils se disent toujours qu'on pourrait trouver mieux qu'eux alors il faut qu'on s'interpose et mettent les choses au clair.

— Absolument, et je ne reviens pas en arrière, ne vous méprenez pas, je veux vraiment le faire, mais je veux aussi qu'ils soient ravis, enchantés, extatiques et qu'ils tombent encore une fois amoureux de nous.

Le silence s'installa alors que les femmes restaient pensives.

— Et je crois que c'est exactement ce qui va se passer mais, bien sûr, il faudra sûrement un peu plus d'alcool, sourit Kat.

BADGER ÉTAIT EN appel visio avec Levi.

— Attends une minute, je sais que vous deviez venir bientôt, environ un mois, c'est ça ?

— Oui, mais maintenant on repousse ça jusqu'au week-end de Labor Day, Kat m'a dit que vous faisiez une fête à tout casser !

— Et, bien entendu, vous êtes les bienvenus, ce sera vraiment bien de se voir, fit Badger souriant largement.

— Mais on ne veut pas s'incruster, fit Levi, en toute modestie.

— Bordel ! Je crois que Kat cherchait une raison pour faire une grosse fête à la fin de l'été alors venez, ça fera une raison supplémentaire !

— Peut-être, dit Levi, hésitant.

— Qu'est-ce qui se passe ?

Levi grogna.

— Je prévois de faire quelque chose qui n'est absolument pas mon genre et j'ai peur que ça se retourne contre moi, dit-il en hâte.

Badger se détendit et posa sa jambe valide sur son bureau.

— Intéressant ça, mais de quoi donc à peur le grand méchant Levi ?

Levi prit une grande inspiration.

— Je pensais demander Ice en mariage.

Badger regarda le mur en face de lui avec un très large sourire.

— Bordel ! Ça, c'est une sacrée raison de faire la fête !

— En fait, je me demandais si on pouvait profiter de votre fête et qu'on pourrait peut-être faire des efforts vestimentaires et…

Badger sentait bien que son ami était hésitant.

— … et je pourrais lui poser la question durant la fête.

Se levant, Badger se mit à faire les cent pas.

— Je pense que c'est une idée absolument fantastique, Ice sera absolument ravie.

— Vraiment ? Même si je fais ça en public ?

— Eh bien, comme ça tu es certain qu'elle acceptera…

Levi rit.

— Je dois admettre que c'est bien pour ça que je pense faire ça comme ça. J'ai un peu peur qu'elle refuse mais si elle est entourée de nos amis et de notre famille, des personnes qui savent à quel point nous sommes proches, j'imagine qu'elle acceptera.

— Tu sais quoi ? Je crois même que ça lui plairait vraiment que tu fasses quelque chose d'aussi chevaleresque…

— Vraiment ? Parce que je me suis dit qu'elle était plutôt du genre à s'attendre à un petit truc, lumières tamisées, au milieu de la nuit.

— Peut-être mais elle apprécie beaucoup les petites attentions et là ce sera le summum.

— Je sais mais je suis inquiet, admit Levi, son inquiétude tout à fait perceptible dans son ton.

— J'ai bien compris. Alors qu'est-ce que tu voudrais que l'on fasse ? se renseigna Badger.

— J'aurais espéré quelque chose d'un peu formel mais pas de smokings, on pourrait juste être en costard noir. On en a tous un, pas vrai ? Et Ice n'a pratiquement aucune occasion de se mettre sur son trente-et-un mais je sais qu'elle adore ça. Elle a une petite robe sans manches dorée qui lui va à ravir et je sais qu'elle cherche une occasion de la mettre. Et je fournirai l'alcool, ajouta précipitamment Levi.

Badger rit.

— Ça pourrait faire beaucoup d'alcool quand même !

Levi rit lui aussi.

— Certes, mais ce sont des fiançailles et personne n'est encore au courant.

— Est-ce que je peux le dire aux gars ?

— Tu peux le dire aux gars mais pas aux filles, je ne peux pas prendre le risque qu'elles mettent par inadvertance Ice au courant. Parce que si elles savent, Ice le saura immédiatement, hésita Levi.

Badger resta pensif et acquiesça.

— Je crois bien que tu as raison, Ice lit les gens comme des livres ouverts…

— Tout à fait, mais on tape un peu l'incruste chez toi, je devrais presque organiser moi-même la fête…

Badger fit signe que non.

— Nan ! On a déjà commencé à s'organiser et puis tu peux te marier chez toi parce que sinon toute ta famille à Houston sera furieuse…

— Bordel, t'imagines… Que Ice me fasse la tête, c'est une chose, mais si toutes s'y mettaient, ça serait absolument terrifiant, grommela Levi.

— Tout à fait ! Tu veux faire ça pour Labor Day et on fait ça le samedi soir ?

— Oui et si ça ne te dérange pas, on resterait chez vous le dimanche pour repartir le lundi.

— Pas de soucis, je dirai à Kat que vous venez et on vous gardera une chambre.

— Oui ! Alfred pense venir aussi, mais c'est pas certain…

— Mais s'il veut venir donner un coup de main pour le buffet, il est le bienvenu ! Ou plutôt, je ne vais pas l'obliger à faire ça, il passe déjà tout son temps derrière les fourneaux et il pourrait simplement se reposer pour le coup…

— Je vais lui en parler et voir ce qu'il en dit et Bailey peut tout à fait le remplacer quelques jours.

— Tu as raison mais peut-être que Bailey devra l'accompagner parce que selon les proportions que prend la fête, j'aurais même peut-être carrément besoin d'un traiteur, fit Badger en riant.

Levi rit lui aussi.

— Ah ça… Badger ? fit-il alors qu'il allait raccrocher.

— Oui, qu'est-ce qu'il y a ?

— Merci, dit-il avant de raccrocher pour de bon.

Badger resta un moment à contempler le téléphone avec un sourire dément.

Au même moment, Kat entra dans son bureau et releva son large sourire.

— Eh bien, tu as l'air sacrément de bonne humeur !

Il haussa les épaules et tâcha de reprendre contenance pour ne pas laisser voir le gamin malicieux de six ans qu'il avait en lui.

— Qu'est-ce qui se passe ?

— Je sais pas, pourquoi ? Et de ton côté ?

Elle regarda d'un air suspicieux en tapant du pied.

— Je vais aller faire trempette.

Il acquiesça.

— Je te rejoins dans quelques minutes…

Et dès qu'il ne l'entendit plus, il se leva et s'assura qu'elle était bien allée à la piscine comme elle l'avait dit puis il reprit son téléphone.

— Bordel, Erick ! On a de bonnes choses en perspective ! s'exclama-t-il puis il expliqua rapidement de quoi il en retournait mais précisa bien que seuls les gars devaient être au courant, pas les femmes.

Erick rit bruyamment.

— Tu sais qu'on aura vraiment du mal à garder ça secret pendant des semaines, nos femmes sont plus douées que n'importe quel profileur…

Badger se concentra sur la piscine où Kat était en train de faire des longueurs d'un crawl impeccable.

— Oh, ça, oui, ce sera dur, mais imagine ce que ça va être !

— Levi et Ice… Il était quand même temps… Je vais appeler Laszlo.

— Appelle Laszlo et moi j'appelle Cade, dit Badger en raccrochant et appela donc Cade, lui faisant suivre les informations mais en lui rappelant que les femmes ne devaient rien en savoir.

Cade rit.

— Tu sais, je crois bien que je dois même avoir un costard noir dans mon armoire, on dirait qu'il est temps que je le sorte de ma penderie et que je voie s'il me va encore.

— Je ne sais pas si le mien me va encore, nos morphologies ont vachement changés, je vais peut-être passer voir un tailleur…

— Parfait ! On sera l'équipe de soutien de Levi et il faut que je te dise, j'ai hâte de voir Levi poser *la* question. C'est bon de savoir que, lui aussi, il peut être anxieux. Alors qu'il est la crème de la crème, l'homme qui a le plus confiance en soi au monde et ce de la meilleure façon possible.

Et lorsque Badger raccrocha, il y repensa et se dit que ce serait un tout nouveau rôle pour Levi parce que ce gars savait ce qu'il faisait mais quand on venait aux femmes, Badger n'était pas sûr qu'il y ait un homme au monde qui les comprennent vraiment.

CHAPITRE 7

KAT AVAIT DU mal à tenir le coup. La pression montait de jour en jour et il y avait beaucoup plus de décisions à prendre qu'elle ne l'aurait cru. C'était déjà compliqué d'organiser un mariage, mais sept… Et tous à l'insu des mariés. Elle ne savait pas pourquoi elle s'était engagée dans la planification d'un pareil cauchemar et, pourtant, elle souhaitait de tout cœur que cela fonctionne.

Le groupe de femmes s'était retrouvé une nouvelle fois au restaurant habituel, la discussion pesante alors que l'on débattait du menu en prenant en considération les régimes spécifiques mais elles ont fini par aboutir à quelque chose.

— Est-ce que quelqu'un a pu joindre Alfred ?

Automatiquement, tout le monde se tourna vers Kat.

— Non, mais je sais qu'Ice s'en chargeait, confessa-t-elle.

— Il faudra aussi que l'on s'organise pour pouvoir louer des plats, des couverts et des tables, fit Morning.

— On n'a pas assez de temps pour faire tout ça, s'affola Kat qui sentit son estomac se nouer et la nausée lui monter.

Honey tendit la main pour rassurer son amie.

— Mais si, on a le temps et peu importe si ce n'est pas parfait. On a assez de temps pour que l'on puisse toutes se marier et c'est tout ce qui compte. Quelqu'un a pu passer chez le fleuriste ?

Faith acquiesça.

— J'étais en repos ces deux derniers jours et je repars demain, mais j'ai récupéré ça. C'est un bouquet assez standard mais ils m'ont fait un échantillon de chaque couleur. Et on peut les avoir identiques ou légèrement différents, fit-elle en faisant passer des photos.

Clary récupéra la photo de la composition couleur pêche et soupira de joie.

— C'est tellement joli !

Toutes acquiescèrent.

— C'est superbe, fit Minx.

— Mais, par contre, on avait pris des décisions concernant les variétés de fleurs mais ils n'auront pas toutes les fleurs dans les bonnes couleurs, ajouta Faith.

— Je ne pense pas que ça soit grave, pas besoin que ce soit les mêmes variétés parce que c'est vraiment superbe mais c'est clair que ce sont des fleurs très différentes de celles de Minx, fit Clary en regardant la photo du bouquet turquoise.

— Mais, vu comme ça, ça ne peut que plaire, acquiesça Minx.

— Je suis certaine que c'est pour ça qu'ils présentent ça comme ça ! Et on met des boutonnières assorties pour les gars, rit Faith avant d'annoncer le prix.

Les femmes se dévisagèrent, un peu inquiètes.

— Pour chacune ? s'enquit Clary, hésitante.

Faith hocha la tête.

— Oui, je sais que c'est assez cher…

Le silence s'installa.

Clary haussa les épaules.

— Rien à faire, ça me plaît et ça ne me dérange pas d'avoir à payer ça.

— Mais les coûts montent et on ne peut pas faire ça pour moins de 3000 dollars par personne et ça risque d'être même plus proche des 5000, fit Honey.

— Je suis sûrement la moins aisée de nous toutes, 5000 dollars, c'est énorme pour moi, grimaça Minx.

— C'est beaucoup pour nous toutes et on va essayer de réduire les coûts au maximum. C'est les robes qui coûtent le plus cher, il y a des femmes qui mettent des montants démentiels pour leurs robes…

— Je suis passée chez la couturière la semaine dernière, je lui ai montré les esquisses et je lui ai bien dit que c'était pour sept femmes, qu'il faudrait sept sessions d'essayage et quelques altérations pour rendre chaque robe plus personnelle. Du genre, une robe sans bretelles ou celle-là avec un col orné qui redescendrait sur le décolleté. Des détails moindres mais qui rendent chaque robe unique. Vous en pensez quoi ? demanda Honey en faisant passer les suggestions de la couturière au groupe.

Après ça, la conversation s'orienta sur les choix de tissu, de modèle et les dates d'essayage. Kat devait admettre qu'elle avait l'impression de se noyer. Allison jeta un œil dans sa direction.

— Et tu as beaucoup de travail en ce moment en plus, pas vrai ?

— J'ai toujours beaucoup de travail, oui. Mais toi ? demanda Kat en changeant de place pour être un peu plus à son aise.

— Je passe un entretien demain, je serai dans un autre service que mon frère mais, avec un peu de chance, j'aurai bientôt de nouveau du travail.

— Est-ce que c'est vraiment ce que tu veux ?

— Oui, pour le moment. C'est le métier pour lequel j'ai été formée et peut-être qu'au bout d'un moment je changerai mais, là, ça me laisse le temps de faire la transition en douceur et d'avoir un salaire régulier. Rien de tout ça ne sera donné et je n'ai pas vraiment d'argent de côté, fit Allison.

— Dans une moindre mesure, on est plusieurs dans le même bateau, dit Kat.

Les esquisses arrivèrent à leur hauteur et Allison les tint de façon à ce qu'elles puissent les regarder ensemble.

— Je suis assez grande pour ça mais j'ai du mal avec les chaussures, sourit Kat.

Les femmes froncèrent les sourcils.

— J'ai une prothèse de jambe, si je pouvais trouver la chaussure adaptée, ce serait parfait.

Honey hocha la tête.

— Je suis certaine qu'on pourra trouver quelque chose, on peut bien avoir quelque chose d'un peu spécifique à chacune.

— Et on fait déjà ça en étant chacune nous-même, comme une touche de couleur qui peut tout changer, fit Morning en souriant.

— La peintre a parlé ! Tu pourras prendre des congés pour l'occasion malgré ton exposition ?

— Parfois, je n'arrive pas du tout à peindre, je me perds dans des rêveries en pensant au mariage et après ça me fiche la trouille et je me mets à peindre des choses tout à fait différentes, admit Morning en rougissant.

— Je me demande si ça ne nous arrive pas à toutes en ce moment. Parfois, quand je suis en vol, je me demande s'il sera vraiment très heureux de ça…

— Je crois bien que oui, mais on s'est bien engagées sur cette voie et il serait difficile de revenir en arrière.

— En particulier si les fausses fiançailles doivent avoir lieu. On sera lourdement redevables à Levi, d'ailleurs, fit remarquer Honey en plaisantant.

Kat sourit largement.

— L'autre jour, Badger a sorti son costard noir de sa penderie et m'a dit qu'il allait le porter chez le teinturier la prochaine fois qu'il allait en ville. Je l'ai regardé comme si j'étais surprise et il a haussé les épaules en me disant un truc du genre : « on ne sait jamais quand en on aura besoin ».

Les autres femmes rirent.

— Je ne suis même pas certaine que Jager ait un costard, de quelle couleur que ce soit d'ailleurs. Mais comment suis-je supposée lui en faire enfiler un…, fit Allison en grimaçant.

— Je pensais à autre chose et, rien à faire, je n'arrive pas à trouver une solution…

Tout le monde se tourna vers elle.

Et comme elle ne disait rien, Kat haussa les sourcils.

— Clary, quel est le problème ?

Elle s'appuya contre la table en se tordant les mains.

— Est-ce que quelqu'un a pensé aux alliances ? demanda-t-elle avec une certaine hésitation.

Le silence s'installa à nouveau.

Kat acquiesça.

— Oui, mais je ne sais pas du tout si ça va fonctionner…

— Je ne suis pas certaine qu'on puisse faire quelque chose pour ça mais ça serait vraiment dommage parce que j'aimerais vraiment avoir une alliance, fit Honey.

Minx pianota des doigts sur la table.

— Eh bien, il n'y a pas de raison qu'on n'ait pas d'alliances même si c'est vrai qu'on ne peut avoir de bague de fiançailles, fit Minx.

— On pourrait, parce qu'en ce moment, ça devient de plus en plus courant que la bague de fiançailles devienne l'alliance même si je préfère la façon traditionnelle, comme tente de le faire Levi, dit Morning.

— Grande fête de fiançailles pour qu'il puisse demander Ice en mariage…

— On peut certainement faire faire des alliances pour les gars et pour nous en même temps…

— Je ne suis pas certaine de vouloir une bague de fiançailles, pas pour faire des difficultés mais avec mon métier, je devrais tout le temps la retirer.

— Pareil pour moi, au moins une alliance, c'est assez petit mais quelque chose de gros ou encombrant, je préférerais éviter d'avoir ça à proximité de la bouche d'un patient…

— Rien n'empêche les gars de nous acheter un solitaire après coup. On n'est déjà pas conventionnelles et personne n'a le droit de dire ce qui est bien ou pas dans ce genre de circonstances, mais il faudra tout de même des anneaux pour la cérémonie, fit Clary en riant.

Tout le monde resta assis en silence, finissant leur déjeuner et leur café.

— Il nous reste encore pas mal de choses à faire : passer toutes chez la couturière pour qu'elle prenne nos mesures, aller chez le fleuriste pour que chacune puisse régler la facture de son bouquet et de la boutonnière. Et il faut qu'on confirme nos choix pour le repas, énuméra Honey.

— Le problème, c'est que je pense qu'il sera un peu tard pour un traiteur, fit Morning à mi-voix.

— Dans ce cas-là, peut-être qu'on n'est pas obligé d'en faire autant que prévu. Vous connaissez les gars, même un steak sur le grill leur ferait plaisir, dit Kat en riant.

— C'est vrai, pourquoi on essaye de faire ça aussi chic, il n'y a vraiment pas de raison, fit Minx.

Morning hocha lentement la tête, pensive.

— Vous savez, je pourrais faire beaucoup de choses à

l'avance, surtout avec l'aide d'Alfred et de Bailey, laissez-moi réfléchir. Je pensais à faire dans le chic mais je suis pas certaine que c'est ce que nous voulons vraiment.

Instinctivement, toutes les femmes acquiescèrent.

— Je vous tiendrai au courant rapidement, insista Morning.

— Très bien ! Alors avec les costards, les robes et les fleurs et on ne s'est pas encore décidées pour l'alcool, ça sera chouette d'avoir quelque chose de bon à manger mais je suis pas certaine qu'il faut qu'on en fasse des tonnes question dépenses. Aucune de nous ne roule sur l'or et n'a de l'argent à jeter par les fenêtres. On n'a pas non plus toute notre liste d'invités et si on doit envisager entre cinquante et soixante personnes supplémentaires, ça fait beaucoup de nourriture en plus, fit Honey.

— Eh bien, on est plusieurs dizaines dans le coin, ça c'est certain, et ça me ferait très plaisir si mon frère, sa femme et leurs enfants pouvaient être là si ça ne vous dérange pas…, fit Allison.

— Pas de problème, tu es la seule à avoir de la famille dans les environs…

Allison sourit.

— Et je ne vois pas Dennis si souvent que ça, j'ai dû le voir deux fois depuis que je suis arrivée mais je pense qu'il serait anéanti de savoir que je me suis mariée sans l'inviter mais d'un autre côté il serait anéanti de voir comment je vais me marier, dit-elle en riant.

Au même moment, Hindy vint rejoindre la conversation.

— Écoutez les filles, ça fait quelques semaines que je saisis au vol des morceaux de vos conversations et vous savez, on a un service traiteur aussi…

Toutes restèrent silencieuses alors qu'elles assimilaient l'information puis elles se tournèrent vers Morning qui, elle, s'était tournée vers Hindy.

— J'imagine que vous avez un menu et des tarifs que je puisse ramener chez moi pour y réfléchir ?

Hindy acquiesça.

— Oui, bien sûr, attendez une seconde, je vais aller vous chercher ça, dit-elle avant d'y aller.

— Ça ne coûte rien de regarder ce qu'ils font mais si on ne voit pas trop grand, je crois qu'Alfred et Bailey pourraient s'en charger, fit Morning à mi-voix.

— Et puis ce n'est pas comme si tu allais devoir t'occuper de tout. Je ne suis certainement pas aussi douée que toi en cuisine, mais on peut toutes mettre la main à la pâte, fit Clary.

— Le problème, c'est que ce sera difficile à mettre en œuvre, que ce soit secret ou non, parce qu'on n'a pas vraiment l'espace nécessaire dans nos cuisines.

— Alors le traiteur est une solution et ça ne me dérangerait pas de payer un peu plus pour qu'on fasse ça.

— Pareil pour moi, fit Morning.

Les autres femmes s'offusquèrent.

— Je ne suis pas particulièrement fauchée, si vous vous souvenez bien…, rit Clary.

— Et moi, je viens juste de vendre ma chambre d'hôtes, ajouta Morning.

— Peu importe, la cérémonie est pour chacune d'entre nous. Je propose qu'on mette déjà les choses au point avec Alfred et qu'ensuite si on a besoin d'un coup de main, on envisage les autres options.

— Ça m'a l'air bien ! Et ça nous fera un anniversaire de mariage intéressant, on pourra en faire une fête chaque année ! rit Honey, ce qui fit sourire tout le groupe.

Au même moment, Hindy revint avec la documentation qu'elle passa à Morning.

— Combien de temps à l'avance doit-on vous prévenir pour les commandes ? Juste pour avoir une idée de nos options, fit l'intéressée qui commençait à lire les documents.

— Clairement, le plus tôt serait le mieux. Vous envisagez ça pour le week-end de Labor Day si je me trompe pas ?

Elles acquiescèrent.

— Et, comme vous le savez, c'est un week-end très chargé, mais ça ne veut pas dire que l'on ne peut pas faire quelque chose pour vous.

— Je vous tiendrai au courant, dit-elle à la serveuse. Ils pourraient faire ce qui est un peu compliqué et on se charge du plus simple, les salades, le pain frais et les petits pains qu'on aura commandé à la petite boulangerie suisse, fit Morning en étalant les menus devant elle.

— Et pour les desserts ?

— C'est obligatoire ! rit Morning.

— Laissez-moi en parler avec Ice pour voir ce que peuvent faire Alfred et Bailey, mais si on en croit Badger, Bailey est très douée pour la pâtisserie.

— Exactement, il faut que j'y réfléchisse sérieusement mais comme personne n'a une cuisine assez grande… Mais laisse-moi m'en charger et je vais discuter avec Alfred et Ice.

— J'ai probablement la cuisine la plus spacieuse et je suis probablement celle qui sait le moins faire de la magie en cuisine, admit Kat.

— Ce n'est pas bien difficile de faire de la magie en cuisine et dès que l'on s'y met, ça devient de plus en plus facile, sourit Morning.

Kat comprenait où elle voulait en venir mais elle se

trompait sur Kat, parce que Morning, elle, était vraiment douée.

— On n'a pas parlé de la boisson même si Levi a proposé de s'en charger, je ne sais pas bien quoi par contre. Quelqu'un a une préférence ?

— Oui, on n'a encore rien décidé, fit Honey en vérifiant dans ses notes, mais le champagne ça me plairait bien.

Toutes les femmes acquiescèrent.

— Est-ce qu'on veut plusieurs verres de champagne et ensuite on passe à du vin ou des alcools forts, ou on fait tout au champagne ou…, suggéra-t-elle.

— Si c'est une question de coût, on peut trinquer au champagne et ensuite on passe à autre chose. Encore une fois, j'achète pas beaucoup d'alcool, mais j'ai pas mal de bières à la maison et, honnêtement, je crois même que Badger préférerait de la bière, rit Kat.

— Il prendra sûrement un whiskey après coup, de ce que je m'en souviens, les gars commencent à la bière et finissent avec les alcools forts mais ils aiment pas trop les cocktails, dit Minx.

Ce qui amena une vive discussion sur ce que les femmes voulaient boire. Honey n'avait de cesse de noter les suggestions.

— Ça fera au moins 1000 pour ne pas dire 2000 dollars pour la boisson, ça ferait pas un coup trop dur pour Levi ?

— Tout dépend de combien de personnes viennent, on doit finaliser la liste des invités et on lui dit de choisir les quantités…, fit Kat.

— Je table sur quarante-sept invités au total, en additionnant toutes vos listes, nous y compris, et franchement, ce n'est pas beaucoup, c'est même plutôt intimiste comme mariage, dit Faith qui relisait ses notes.

— C'est mieux comme ça. Je veux dire… la plupart d'entre nous n'ont même pas de famille…, remarqua Clary.

Toutes hochèrent la tête.

— Et pour le célébrant ?

Au même moment, le téléphone de Kat se mit à sonner et elle y jeta un œil.

— Je suis en retard, on manque de temps, vous le savez toutes ? dit-elle en se levant en hâte, elle prit alors quelques billets de son porte-monnaie et les déposa sur la table en souriant.

Très solennellement, toutes acquiescèrent.

— On aura peut-être besoin de se retrouver deux fois par semaine jusqu'à ce que l'on en ait fini, fit Honey.

— Et moi je passerai chez le fleuriste et la couturière dans la semaine et s'il faut que je fasse autre chose, envoie-moi un mail, d'accord ? fit-elle en sortant au pas de charge du restaurant mais, une fois dehors, elle resta immobile un moment.

Son cœur se gonflait d'amour et en même temps elle était terrifiée. Elles allaient vraiment faire ça. Mais était-ce la bonne chose à faire ?

BADGER ÉTAIT ASSIS à la table de la cuisine chez Talon avec le reste des gars qui s'affairaient.

— Alors, on a trois missions à venir. Est-ce qu'on a besoin de plus d'hommes ou ça suffira ? demanda-t-il.

— Comme ce n'est pas tout en même temps, je pense qu'on devrait être bons, fit logiquement remarquer Erick.

— Est-ce que les permis de port d'armes supplémentaires sont arrivés ? demanda Laszlo.

— Oui, il faudra aller les chercher demain, fit Talon.

— D'accord, alors on a une mission pour deux, une autre pour un seul et une autre pour trois, alors je n'ai pas l'impression qu'on ait un problème de main-d'œuvre.

— C'est tout à fait ce que je me disais, fit Badger.

Au même moment, Jager entra en agitant son téléphone.

— Sauf qu'on a une quatrième mission, Levi a besoin d'un coup de main, deux mains même, en fait.

— Deux mains ou deux paires ? s'enquit Erick.

— Deux paires. Brandon vient pour une mission au Nouveau-Mexique, mais il leur manque quelqu'un pour le seconder, Kasha est en Angleterre et ils auraient espéré avoir quelques renforts pour Brandon.

— Qu'est-ce qu'il fait ?

— Un chasseur de prime avait mis la main sur un fugitif qui s'est fait la malle et le chasseur de prime a atterri à l'hôpital et il a appelé Levi à la rescousse.

— Wahou ! Les chasseurs de prime appellent Levi maintenant ?

— Oui, le chasseur ne voulait pas l'admettre mais il s'est plutôt bien intégré. Levi a envoyé Brandon mais il veut être certain qu'il a du renfort parce que le type qu'il doit retrouver est un survivaliste lourdement armé. Et pour passer à autre chose, mais il faut que je vous le dise avant que j'oublie, j'ai regardé d'un peu plus près la liste des vétérans et leurs spécialités et il va falloir qu'on s'organise pour voir ce que l'on fait, fit Jager.

— Plus tard, on a pas mal de pain sur la planche en ce moment, dit Badger.

Après ça, ils se concentrèrent sur l'organisation pour savoir qui voulait aller où et pour quelle mission. Le temps qu'ils aient tout décidé, Badger s'était confortablement installé avec une seconde bière.

— Vous avez tous un costard ?

Et tous acquiescèrent.

— Oui, mais il faudra sûrement que je passe chez le teinturier même s'il n'a rien de très chic…

— Oh ça ira, si c'est noir, c'est assez chic. On a tous des costards noirs et on n'a pas besoin d'autre chose, pas vrai ? demanda Laszlo.

— Je ne pense pas, un costard noir, c'est parfait pour toutes les occasions, dit Badger sur un ton morose.

Parce que, bien sûr, la plupart d'entre eux avaient acheté un costard noir pour les enterrements. Les seules autres fois où ils en avaient eu besoin, c'était pour des mariages mais ils n'avaient pas été à ce genre d'événements depuis très longtemps.

— J'arrive pas à croire que Levi va demander Ice en mariage, fit Jager.

— Je sais. Vous, vous y avez pensé ? s'enquit Badger.

— Bien sûr que j'y pense, mais je suis pas encore passé à l'acte, dit Erick en haussant les épaules.

— Moi aussi mais je pense que c'est pareil pour nous tous. Vous vous rendez compte qu'une fois que Levi aura fait ça, les filles vont nous avoir dans le viseur, rit Cade.

— Ou peut-être pas. N'oublions pas que Levi et Ice sont ensemble depuis des années…

— D'une certaine façon, il était plus que temps pour lui, fit Badger.

— À titre de comparaison, on est tous dans des relations assez récentes…

Le silence s'installa.

— Ma relation avec Kat est allée plus loin et plus vite que tout ce que j'ai pu connaître auparavant, admit Badger à mi-voix.

— Nous, ça a été assez intense aussi parce qu'on est toujours en train de s'habituer à vivre dans le même espace, fit Jager.

— Mais c'est amusant, pas vrai ? dit Laszlo avec un large sourire.

— Oh, ça, oui, et je pense qu'au bout d'un certain temps on va tous envisager le mariage, rit Jager.

— Heureusement que c'est pour plus tard, je veux seulement le temps de penser au bonheur que j'ai en ce moment sans le mettre en danger en posant une question pour laquelle ma partenaire n'est peut-être pas encore prête.

— C'est ça, pas vrai ? Nos femmes ont leur carrière, même Clary qui ne cherche pas, je sais qu'elle repense à son travail de juriste. Peut-être qu'elles n'aiment pas les mariages, qu'elles n'envisagent pas ça. Pour être honnête, je crois même n'avoir jamais abordé le sujet, fit Badger.

— T'es pas sérieux ? C'est comme ouvrir la porte des enfers, quoi que tu dises, tu auras tort. Il y a des conversations qu'on ne peut pas avoir tant qu'on n'est pas prêt à se jeter dans le gouffre, ajouta Geir, ce qui fit rire tous ses équipiers qui lui donnaient pourtant raison.

— Est-ce que Levi a besoin d'autre chose en dehors du fait qu'on soit en costard ?

— Non, mais le problème c'est : comment on va s'arranger pour que les femmes se mettent sur leur trente-et-un sans vendre la mèche ? dit Laszlo.

— Oui, je sais et puis toutes n'aiment pas forcément ce genre de choses…

— C'est vrai, j'imagine mal Allison en talons hauts et je ne suis même pas sûr qu'elle ait une tenue de soirée.

— Pareil pour Morning…

— Je crois que, dans tous les cas, elles doivent avoir un truc un peu chic mais si on s'attend à ce que ça soit hyper formel, je crois qu'elles n'apprécieront pas être prévenues à la dernière minute. Apparemment, c'est un truc qui compte vraiment pour les femmes…

— Alors est-ce qu'on leur dit que ça va être quelque chose de formel et qu'il va falloir se trouver une tenue de circonstances ? demanda Talon.

— On va devoir les aiguiller, mais on ne peut pas leur parler des détails.

— Et qu'est-ce que Levi a dit à Ice ?

— Que c'était assez formel et que si elle n'emmenait pas la robe dorée, il l'emmenait pour elle…

— Ice en doré, ce sera mémorable, remarqua Talon.

— Je suis très content pour eux, ce sont des gens bien, dit soudainement Badger.

— Ah, ça, oui, ce sera un sacré mariage ! fit Laszlo.

— Je sais et peut-être même qu'on sera invités… Et si c'est le cas, soyez certains que j'y vais, assura Badger en riant.

Tous hochèrent la tête.

— Même si c'est pour voir leurs aménagements, ils ont le matériel et les locaux, c'est une foutue forteresse chez eux !

— Il faut qu'on commence petit, des petites missions çà et là et si ça prend plus d'ampleur, on cherchera des locaux en ville, dit Erick.

— On peut juste avoir un lieu où rencontrer les clients ou un truc du genre et pour le reste on peut travailler depuis chez nous, fit remarquer Badger.

— Eh bien, il y a au moins une chose dont on est certains, c'est qu'on n'a pas besoin d'un hélicoptère malgré tout ce qu'Ice peut en dire…, dit Talon.

— Mais elle le rentabilise rudement ! Si j'en crois Levi,

quand les temps étaient durs, son permis hélicoptère les a pas mal renfloués, reprit Badger.

— C'est logique, c'est assez demandé et ils ont des compétences variées, acquiesça Talon.

— Il faut qu'on garde la même diversité de compétences, si on se focalise trop sur un domaine, on doit se reprendre et voir plus large. On peut impliquer d'autres personnes si on veut mais pas avant que nous sept ayons du boulot régulièrement.

— Et peu importe ce que l'on gagne, on a tous de bonnes pensions d'invalidité, c'est pas comme si on allait mourir de faim… Mais on a besoin de sentir qu'on contribue à la société. C'est dur de ne plus être un héros, sourit Erick.

— Je crois que c'est ça, pour elles, on sera toujours des héros…, fit Talon.

— Et c'est quand même sacrément bon ! ajouta Cade.

— Et qu'est-ce qu'on boit ? Est-ce que Levi en a parlé ? demanda Talon.

— Il s'en occupe et je crois qu'il a un budget plus que décent…, répondit Badger.

— Du champagne alors ?

— Il m'a demandé, oui, j'ai pensé qu'on pouvait en avoir quelques cartons et qu'ensuite on passerait aux spiritueux ou au vin.

— Ça m'a l'air bien… Et le repas ?

Badger eut l'air pris de court.

— Je ne sais pas, mais Kat essayait d'organiser tout toute seule mais maintenant qu'on est en train de rendre ça un peu plus chic, il faut que je lui en parle et j'imagine que je pourrais faire ça à mon retour à la maison dans une dizaine de minutes, dit-il en regardant sa montre et demandant s'il était seul à perdre la notion du temps.

Saluant tout le monde, il sortit de chez Talon et rentra chez lui. La tête lui tournait parce que Kat était ravie à l'idée de tout organiser et il ne voulait pas lui enlever ça, parce que ce qu'avait prévu Levi avait pris des proportions beaucoup plus vastes tout d'un coup.

En rentrant, il vit Kat sortir de la cuisine avec un gros cookie, ce qui le fit sourire.

— Tu as de la chance que je t'en ai gardé un, plaisanta-t-il.

Elle hocha la tête et se dressa sur la pointe des pieds pour l'embrasser en douceur.

— J'allais te demander, maintenant qu'on sait que Levi vient, peut-être qu'on pourrait demander à Alfred et peut-être aussi Bailey d'amener une partie de la nourriture ? Mais peut-être que c'est un peu trop si Levi fournit déjà la boisson. Et puis Alfred et Bailey font déjà la cuisine pour tout le monde tous les jours au complexe, pas vrai ?

Badger devait y réfléchir.

— Je sais, mais Morning est trop occupée avec son exposition à venir et il y aura encore plus de monde maintenant alors peut-être qu'on pourra faire appel à un traiteur…

— Je vais en parler d'abord à Ice mais, oui, si besoin, on contactera le traiteur.

Il sourit de soulagement.

— C'est parfait ! Mais tu sais, on pourrait juste faire des hamburgers hein…, dit Badger tout sourire avant de se diriger vers la piscine.

— Hors de question ! On en mange déjà tous les dimanches ! fit Kat.

— Non, dimanche dernier on a mangé des ribs…

Elle rit, le suivant à la piscine.

— Et qu'est-ce qu'on mange ce dimanche ? dit-elle sur

un ton taquin.

Il se retourna.

— Talon amène un plat au poulet.

Le sourire de Kat s'élargit.

— Tu sais, que ça me plaît vraiment ça… que ce n'est pas toujours à nous de préparer le repas tous les dimanches.

— C'est ce que font les amis ! Tout le monde amène quelque chose et comme ça personne ne se casse la tête et on change de viande de façon à ce qu'on ne se lasse pas et ça marche.

Kat acquiesça et s'installa dans sa chaise longue.

— La journée a été longue…

— Je t'ai appelée durant la pause déjeuner…, fit-il remarquer.

— Oui, j'ai mangé avec les filles ce midi.

— Les filles ? demanda-t-il en la voyant s'empourprer.

— On a pris l'habitude de déjeuner ensemble.

— Toutes ensemble ? demanda-t-il après un moment à la jauger.

Elle acquiesça.

— Du moins, celles qui sont disponibles ce jour-là. Ça ne te dérange pas ?

Il eut l'air songeur : il repensait à ce qu'il avait tant espéré quelques semaines plus tôt.

— Ça ne me dérange pas, mieux encore, je crois même que c'est foutrement parfait ! admit Badger.

Kat était ravie et, se relevant, elle le rejoignit.

— Après que toute cette sombre histoire avec Mouse se soit achevée, j'ai eu peur qu'on ne s'entende pas mais il se trouve que c'est vraiment le contraire, on est très bonnes amies…

— Vous êtes toutes très différentes mais vous avez aussi

beaucoup de choses en commun.

— Tout à fait ! Nous sommes toutes tombées amoureuses de sept hommes très difficiles, rit-elle.

Et Badger aussi rit.

— Ah, ça, oui, et maintenant je comprends bien pourquoi tu te demandais s'il y avait assez de place pour organiser une fête ici, surtout avec Levi et Ice qui viennent, on passe à la vitesse supérieure et je me pose la même question.

Kat arpenta le jardin.

— Je pense que si on fait bien tondre et qu'on installe des tables, il y aura largement assez de place.

— La plupart des gens, s'ils sont bien habillés, risquent de rester sur la terrasse.

— C'est sûr !

Il se retourna pour étudier l'espace disponible contre la maison.

— Mais tu as raison, on pourrait déplacer tout le mobilier de façon à ce que les gens puissent profiter de l'espace et peut-être même sortir plus de chaises et mettre les tables, si le temps le permet, directement dans le jardin. C'est la première fois que je pense à organiser quelque chose de formel ici, admit-il en grimaçant.

— Je crois qu'on aura quelques problèmes en termes de places assises, peut-être que les autres pourraient amener une partie de leur mobilier de jardin. Ou peut-être qu'on en achète davantage…

Il la regarda et se dirigea vers le cabanon attenant à la piscine.

— Tu sais, je crois bien qu'on a encore pas mal de chaises longues et je crois même qu'on a encore des chaises. Pas assez pour tout le monde mais sûrement assez pour pouvoir organiser quelques îlots où les invités pourront s'installer.

Badger ouvrit le cabanon et entra. Dotty le suivit, se mettant à fureter partout.

Kat regarda par-dessus son épaule.

— Je n'ai même jamais regardé ce qu'il y avait ici…, s'exclama-t-elle.

— En fait, je n'y vais jamais moi non plus à moins qu'il n'y ait un problème avec la pompe. Je stocke tous les produits pour la piscine mais ça a toujours été un bon endroit pour ranger du mobilier de jardin. Ces chaises seront très bien, surtout si on a quelques tables style café, expliqua-t-il en sortant une pile de chaises métalliques.

— On pourra probablement en louer mais les chaises ont juste besoin d'un bon nettoyage et ce sera très bien ! dit Kat après un coup d'œil aux chaises.

Il sortit aussi quatre tables hautes sur pieds, sous le regard stupéfait de Kat.

— C'est parfait, elles sont à la bonne hauteur pour manger debout alors on pourra poser les plateaux au moment de l'apéritif, les gens pourront poser leurs verres et on pourra installer des îlots comme tu le suggérais.

Il sortit trois autres piles de chaises.

— Ok, alors, on a vingt chaises donc ?

— Vingt-quatre et j'ai quatre tables comme celles-ci et trois plus petites, dit Badger en retournant dans le cabanon dont il sortit les petites tables.

— Mais pourquoi est-ce que tu as tout ce mobilier ?

— Tu te souviens que c'était la maison de mes parents ?

Kat acquiesça.

— Oui, certes, mais ça fait quand même *beaucoup* de mobilier.

— C'est sûr mais ma mère aimait les bonnes affaires

alors dès qu'ils allaient à un vide-grenier et qu'ils voyaient quelque chose dont ils avaient envie, ils l'achetaient.

— Eh bien, on peut vraiment remercier la prescience de ta mère, parce que c'est absolument parfait. Ce week-end, quand tout le monde viendra, on pourra peut-être parler de comment on organise le jardin.

— Oui, on peut. Ça ne te dérange pas si on fait ça un peu chic ? demanda Badger qui attendait sa réaction, ravi de la voir sourire largement.

— Je suis étonnée que tu veuilles faire ça de façon formelle mais l'idée est excitante !

— Est-ce que tu as une robe ? Parce que si je porte un costard, ce serait sympa de te voir en robe…

— J'en ai quelques-unes et il faut que je vérifie si j'ai les chaussures par contre. J'ai l'impression que je vais devoir me faire une prothèse avec un talon inclus, se fit-elle la réflexion en regardant sa jambe mais sans se départir de son sourire.

— Tu peux faire ça ?

Elle lui retourna un sourire coquin.

— Je peux faire tout ce que je veux…

Badger rit.

— Tout à fait !

Kat valsa jusqu'aux bras de Badger.

— Ce dont j'ai vraiment hâte, c'est de te voir en costard…

— J'en ai un… S'il est toujours à ma taille… La dernière fois que je l'ai porté, c'était avant mon accident.

— Ta morphologie a tant changé ?

Badger haussa les épaules.

— La plupart de mes vêtements me vont encore alors j'imagine que ça ira mais un costume mal-ajusté c'est pire que pas de costume du tout.

Elle fronça les sourcils, pensive.

— Si tu veux faire un essayage, je peux te dire s'il tombe comme il faut mais, le cas échéant, on peut toujours le porter chez un tailleur pour le faire retoucher si c'est nécessaire.

— Je m'en occuperai plus tard. J'imagine que c'est le moment où on peut se réjouir de la taille du jardin, fit-il pour détourner la conversation.

— Et se réjouir de la piscine et de la grande terrasse. Parce qu'on peut facilement recevoir quarante personnes ici.

— Il n'y aura pas autant d'invités mais tant qu'il y a de la place pour vingt, on est bons.

— Ça me paraît bien, approuva-t-elle.

Badger n'avait pas la moindre idée qu'il y aurait un peu plus d'invités que ce à quoi il s'attendait. Elle comptait sur trente-trois invités et eux quatorze. En souriant, elle retourna à la cuisine.

— J'imagine qu'on fait de nouveau un barbecue…

— À moins que tu ne veuilles autre chose ?

— Ça ne me dérange pas qu'on fasse un barbecue tous les soirs, surtout si ça m'évite d'avoir à cuisiner…

— Non, je suis content de faire ma part. J'imagine qu'on pourrait toujours faire un barbecue pour la fête, dit-il en se dirigeant vers le grill.

— Peut-être, mais je dois dire que je suis pas particuliè-rement enthousiaste à l'idée que tu fasses un barbecue en costard.

— Oh, je n'y avais pas pensé, grimaça-t-il.

— Pas de souci, chéri, c'est pour ça que je suis là, dit Kat sur un ton joyeux.

— Pour me rappeler combien j'aurais l'air bête de faire un barbecue en costard ? demanda-t-il en souriant largement et haussant un sourcil.

— Non, pas du tout, mais plutôt pour te montrer les choses auxquelles tu n'aurais jamais pensé…

— Je crois que c'est ce que l'on appelle du travail d'équipe, acquiesça Badger.

— Tout à fait et on est une sacrée équipe, pas vrai ?

Il hocha la tête, souriant largement.

— La meilleure !

<h1>CHAPITRE 8</h1>

KAT SE GARA devant le restaurant et descendit de voiture, Honey se garait à côté d'elle quelques secondes plus tard et elle vit arriver Minx et Morning. Toutes avaient l'air un peu épuisées. Chaque semaine, les préparatifs semblaient s'intensifier. Plus de projets, de décisions à prendre. Qui aurait pu croire qu'organiser un mariage soit aussi fou ? Mais elles en organisaient sept. Sept mariages secrets. Elles devaient être folles lorsqu'elles se sont dit que c'était faisable.

Rentrant dans le restaurant bras dessus, bras dessous avec Honey, elles se dirigèrent vers la salle que le restaurant tenait toujours prête pour elles. Dès qu'elles s'assirent, Hindy vint leur demander si elles voulaient du café. Kat fit signe que non.

— J'ai besoin de boire quelque chose… du vin blanc, s'il vous plaît. Et merci de votre aide pour le service traiteur dans un délai aussi court.

Hindy la salua et se dirigea vers la cuisine.

— Mauvaise matinée ? s'enquit Honey en riant.

— Non, c'est peut-être juste les nerfs…

Honey grimaça.

Mais il y avait quelque chose d'apaisant à l'idée de toutes se retrouver et discuter ensemble. Elles qui étaient de si bonnes amies. Kat sourit lorsque deux des autres filles arrivèrent. Hindy revint avec le verre de vin blanc et Honey lui demanda d'en amener un deuxième pour elle.

Riant, Kat lui demanda si c'était, à elle aussi, ses nerfs qui lâchaient.

— Oui… On manque de temps et il y a tellement de choses qu'on n'a pas encore mises au point.

— Je sais, fit Kat, parfois j'ai juste envie qu'on annule tout parce qu'on n'arrive pas à faire ça bien.

— Non, on ne peut pas faire ça. Je sais que c'est complètement dingue et qu'on met les hommes au pied du mur mais j'ai mis le sujet sur le tapis il y a quelques semaines et Geir s'obstinait à ne pas penser à l'avenir parce qu'il avait encore des opérations à venir et qu'il ne voulait pas me retenir et tout un tas de bêtises du même acabit. J'étais furieuse, dit Morning.

— Ça se comprend et je crois que c'est ce qu'ils disent dès qu'ils arrivent à une croisée des chemins. Ils doivent avoir peur, je pense, dit Kat.

— Tu sais qu'ils seraient furieux si tu ne faisais qu'envisager cette idée, dit Allison.

— Ils reviennent de loin, ils ont survécu à beaucoup de choses, ils ont beaucoup enduré et, à présent, ils ont de nouveau des missions de surveillance et des enquêtes, ils montent ensemble leur entreprise, c'est comme un second souffle mais ils sont aussi pétrifiés de terreur à l'idée que ça ne marche pas et qu'en ce moment, ils ont un peu trop de choses à l'ordre du jour.

— Je peux comprendre, c'est dur de dire quand ça fait trop mais, de temps en temps, ils disent quelque chose, tu les regarde du coin de l'œil et tu vois d'où ça vient…

— Exactement et je crois que c'est pour ça qu'on doit aller jusqu'au bout. On est déjà bien lancées et tu n'as pas réussi à repasser chez la couturière, pas vrai ? demanda

Honey à Kat.

Kat grogna.

— Oui, j'ai dû annuler mon second essayage la semaine dernière. Écoute, j'ai un désistement cet après-midi, peut-être que je pourrais en profiter, dit-elle en sortant son agenda et mâchonnant son crayon à papier.

— Le plus tôt serait le mieux, on peut se passer de beaucoup de choses mais pas des robes…, dit Honey.

— Nous pourrions toujours nous mettre en bikini, nous ne serons pas loin de la piscine en plus…, fit Kat.

Toutes rirent.

— Je suis certaine que ça viendra plus tard, fit Clary.

— On sera tellement stressées, inquiètes et épuisées qu'il y a de grandes chances qu'on enlève juste nos robes de mariées et qu'on saute à l'eau, dit Allison.

— Vous savez, je crois pas que les gars seraient contre. Je vais demander à Jim de téléphoner à la couturière et voir si elle est disponible cet après-midi, fit Kat en notant rapidement qu'elle devait passer chez la couturière et envoya un message à son assistant.

— Est-ce qu'il est au courant ?

— Il est au courant et très utile, il donne un sacré coup de main à Marisa avec la décoration, marmonna-t-elle tout en tentant de lire ce qu'elle avait griffonné un peu plus tôt qui était absolument indéchiffrable, même si elle l'avait écrit elle-même.

— On dirait même que je ne peux pas relire ma propre écriture…, dit-elle en haussant les sourcils. Je l'ai invité lui aussi parce qu'il est vraiment très impliqué.

Toutes acquiescèrent.

— Bien ! Tu es très proche de lui, pas vrai ?

— Oui, lui et son partenaire ! Oui, parce que j'ai ajouté

son partenaire sur la liste des invités. Est-ce que je suis la seule qui commence à perdre pied ? demanda-t-elle au reste du groupe.

— Tu veux rire ? Ça fait déjà un moment que je n'ai plus pied…, fit remarquer Clary, ce qui suscita le rire de toutes.

— Tu as toujours été la plus calme et mesurée d'entre nous, sourit Kat.

Clary la regarda, incrédule.

— C'est tellement faux… Peut-être que je suis juste plus douée pour le cacher…

On servit à ce moment-là son verre de vin à Honey.

— Hindy, pourquoi ne nous amèneriez pas un verre à toutes ? Et nous prendrons un café après le repas, demanda Clary.

Hindy sourit.

— Ça se rapproche, pas vrai ?

— Beaucoup trop vite, je ne sais pas si je serais prête parce que maintenant c'est plus qu'une question de *jours…*, s'affola Morning.

— Dix-neuf… Dix-neuf jours…, fit Kat d'un ton sombre.

Le silence s'installa alors que toutes repensaient à ce qui leur restait encore à faire dans les quelques jours qu'elles avaient devant elles.

— Tu as eu l'occasion de faire le point avec Ice et Levi ? se renseigna Faith.

Kat acquiesça.

— Levi s'est arrangé, les gars vont jouer leur rôle. Ils sont tous au courant que Levi doit demander Ice en mariage alors ils seront tous en costard : ils ont apparemment tous quelque chose qui fera l'affaire.

— Je sais que Laszlo en a un, il est superbe ! Il l'a essayé l'autre jour et il est vraiment très élégant, fit Minx avec un sourire.

— Exact ! Il faut que Badger amène le sien chez le teinturier et éventuellement chez le tailleur pour une retouche mais sinon, c'est bon. Nos robes sont simples et élégantes et les costards des hommes aussi, on sera très bien, fit Kat en souriant.

— Ils ne seront probablement pas tous du même noir, remarqua Morning.

— Dit notre artiste professionnelle à résidence, sourit Allison.

— Je ne pense pas que ça soit bien grave, nos robes ne sont pas tout à fait du même blanc et tous les gars auront une cravate d'une couleur distincte et il faudra qu'on passe les chercher, à moins que quelqu'un s'en soit déjà chargé ?

Les autres femmes firent signe que non.

— C'est primordial parce qu'il faudra les assortir aux fleurs, soupira Kat.

— Je pourrais demander au fleuriste, j'y passe cet après-midi. Ils pourront peut-être nous donner des échantillons pour que je puisse les montrer dans un magasin de confection, fit Clary.

— Je serai anéantie si je ne pouvais pas avoir ce superbe fuchsia mais je préfère le savoir dès maintenant parce que je préférai qu'on soit toutes assorties à nos maris, fit Minx.

À la seule mention du mot « mari » toutes retinrent leur souffle et se tournèrent vers Minx.

— Quoi ? Je ne faisais qu'essayer le mot, fit l'intéressée avec un sourire large et un air faussement effarouché.

Hindy arriva avec un grand plateau, posa un verre de vin devant tout le monde et prit leur commande.

— Vous vous rendez compte qu'il ne nous reste que deux semaines à nous retrouver ? fit Kat en levant son verre pour porter un toast.

— À nous et à un très joyeux week-end de Labor Day qui s'annonce !

Toutes levèrent leurs verres et trinquèrent.

— À nos mariages !

Kat but une gorgée, appréciant la sensation de fraîcheur du vin glissant dans sa gorge et reposa son verre.

— À peine plus de deux semaines, mon Dieu…

— On se revoit encore deux fois. Plus que dix-neuf jours et chacun compte…, fit Honey.

— Quelqu'un a des accrocs de dernière minute dans son emploi du temps ? demanda Allison.

— Non, pas encore… Quand j'ai accepté mon boulot, j'ai prévenu de suite mon employeur que j'aurai besoin de congés le week-end de Labor Day alors, normalement, je ne devrais pas être d'astreinte.

— Et toi, Honey ? Ton planning ? s'enquit Clary.

— Je ne prévois pas de partir juste après en lune de miel alors je prends juste des congés tout le week-end et je retournerai au travail mardi.

Honey se retourna vers Kat.

— Et toi ?

— Pareil, et toi ? demanda Kat à Allison.

— J'en ai parlé durant mon entretien et j'aurai le week-end aussi, acquiesça-t-elle.

Et tout le monde se tourna vers Faith qui leva les mains en l'air.

— Eh ! Me regardez pas comme ça, je vous promets, je serai là…

On la regarda avec méfiance.

— Je suis en congé dimanche et lundi mais c'est samedi que j'ai un problème, soupira-t-elle.

Grimace collective.

— C'est *le* jour du mariage, tu te souviens ?

— Je sais, ils m'ont programmé pour un vol à Hong Kong qui arrive au petit matin, j'ai fait le changement tout à l'heure.

— Est-ce que quelqu'un a fini par trouver une coiffeuse ? se renseigna Clary.

Honey sortit son bloc-notes.

— Qui était supposée s'en charger ? Parce que j'ai noté qu'il fallait qu'on trouve une coiffeuse mais je n'ai pas mis de nom en face.

— J'ai parlé à ma coiffeuse qui m'a dit qu'elle faisait bien les mariages mais que selon le style, ça pourrait lui prendre des heures pour une seule personne, fit Clary.

— Et on manque de temps.

— Je vais envoyer un message à la mienne, je sais qu'elle fait de très belles coiffures. On n'a pas besoin de quelque chose de trop élaboré, je crois. Du moins, pas moi, mais je veux tout de même passer chez la coiffeuse. Et je sais qu'elle a au moins trois assistantes qui pourront travailler avec elle, tout dépend de leur emploi du temps.

Quelques instants plus tard, son téléphone sonnait. C'était la coiffeuse qui la rappelait.

— Salut Beth, j'ai une demande inattendue de dernière minute. Est-ce que tu es prise le samedi du week-end de Labor Day ? Par hasard, est-ce que tu aurais de la place pour sept ? C'est pour un mariage, s'enquit-elle puis hocha la tête en écoutant son interlocutrice qui vérifiait son calendrier.

À l'autre bout du fil, Beth soupira.

— Ça prend un temps fou, je suis pas certaine de pouvoir faire autant de personnes à la fois.

— Eh bien, c'est pour nous sept, mais on ne peut pas faire ça trop chic non plus parce que…, commença Kat qui demanda en murmurant aux filles si elle pouvait mettre au courant la coiffeuse.

— Il vaudrait mieux, oui ! fit Honey.

— Beth, les circonstances sont un peu particulières. Nous serons habillées normalement et personne ne saura vraiment de quoi il en retourne avant la fin d'après-midi. Parce qu'à ce moment-là, on ira mettre nos robes de mariées.

— Est-ce que tu veux dire que c'est un mariage surprise ? Pour vous sept ? demanda la coiffeuse, choquée.

— Le mariage d'une vie. On veut toutes quelque chose d'un peu élégant mais qui reste sobre, fit Kat sur un ton enjôleur en regardant toutes les femmes autour de la table en haussant les sourcils.

Toutes acquiescèrent.

— Et certaines ont les cheveux courts alors je ne sais pas bien ce que tu pourras faire…

— J'ai besoin de portraits de tout le monde, ensuite je regarderai mon planning et je te rappelle plus tard.

— Ok, je t'envoie ça de suite, dit Kat qui finit son vin blanc et se leva pour prendre un portrait de toutes les personnes à table puis elle retourna son téléphone pour un selfie et envoya le tout à Beth.

— Quelqu'un a une idée de ce qu'elle veut ?

Les autres femmes la dévisagèrent.

— Mon Dieu, je n'arrive même pas à imaginer, parce que ce genre de choucroutes, c'est vraiment pas mon genre mais peut-être quelques anglaises et des fleurs dans mes cheveux, fit Clary.

— C'est possible et ça t'irait très bien, dit Kat.

Clary haussa les épaules.

— Ça irait bien !

— Si on fait ça, alors on a besoin de fleurs supplémentaires, remarqua Honey.

Les autres femmes grognèrent.

— Ça devient de plus en plus compliqué…

— Seulement si on s'affole. Regardez tout ce que l'on a réussi à surmonter pour en arriver là et en considérant tout ce que l'on a déjà fait, je trouve qu'on s'en sort incroyablement bien, assura Allison avant de demander à Morning de quoi il en retournait pour la nourriture.

— Je sais où on en est. Alfred amène les desserts et un assortiment de plats salés qu'on peut faire réchauffer au four chez Kat et, en théorie, n'importe laquelle de nous peut faire ça. Je ne sais pas si vous voulez toutes savoir ce qu'il nous prépare mais le gros sera prêt à servir. Je crois qu'il arrive le jour du mariage, expliqua Morning.

Tout le monde se tourna vers Kat qui acquiesça.

— C'est ce que j'ai compris moi aussi. Levi et Ice viennent potentiellement vendredi soir et on dit à Badger qu'Alfred loge chez un ami ce soir-là et arrivera samedi pour s'occuper du repas. Bailey fera la pâtisserie au complexe mais Alfred s'occupera de la livraison. Notre adorable Hindy s'est arrangée pour nous faire plusieurs plats chauds et des petites choses à grignoter après la cérémonie. Tout cela accompagnera le gâteau qui, bien sûr, sera un seul gros gâteau de mariage plutôt qu'une multitude de gâteaux d'anniversaire. Et puis il y aura aussi des hors-d'œuvre et des amuse-gueules.

— Avec beaucoup de viande rouge pour nos gars ? Pour que ça ne leur manque pas de ne pas avoir de gâteau de marié,[5] fit Allison avec un faux accent du sud.

Morning rit.

— Oui, et il y aura quelque chose de plus léger pour nous autres. Et puis tant qu'il y a beaucoup de gâteau, je ne pense pas que ça les dérange de ne pas avoir de gâteau spécifique. Il y aura aussi des fruits de mer, ajouta-t-elle.

— Des crevettes, des langoustines, des Saint-Jacques ? demanda Faith, pleine d'espoir.

Morning rit encore une fois.

— Tout ça, oui ! Et de nombreux feuilletés…

— Ça m'a l'air bien, je suis très contente de pouvoir te déléguer ça, Morning, dit Kat avant de se tourner vers Faith et lui demander si c'était bien elle qui était en charge de la musique.

— Eh bien, j'ai essayé mais je crois que c'est toi qui ne répondais pas à mes questions.

Kat grimaça.

— Désolée, j'ai vraiment du mal à écouter quand je ne suis pas seule parce que j'aimais vraiment faire ça tranquillement.

Faith rit.

— Dans ce cas, laisse-moi t'amener ça. On va mettre ça, fit-elle en ouvrant son ordinateur portable et le logiciel de lecture audio.

Une mélodie que Kat n'arrivait pas à nommer sortit des haut-parleurs la faisant sourire immédiatement.

— J'adore mais je n'arrive même pas à me rappeler du

---

[5] Le gâteau de marié est une tradition victorienne qui s'est étendue au sud des États-Unis et qui consiste à avoir le jour d'un mariage trois gâteaux. Un pour les mariés, un pour la mariée qui le partagera avec ses demoiselles d'honneur et un pour le marié qui le partagera avec ses garçons d'honneur.

titre !

— C'est celle sur laquelle on s'est toutes mises d'accord, si tu es d'accord toi aussi, expliqua Faith avant de passer en revue le reste de sa sélection en laissant Kat écouter.

— Et pour le mariage à proprement parler ?

— On s'est dit qu'on prendrait la marche nuptiale classique, à moins que quelqu'un ait une raison de s'y opposer.

— Laissez-moi y réfléchir. Je ne suis pas contre mais je pense qu'il faut quelque chose qui nous ressemble davantage. Il y a sûrement une chanson qui parlera de tout ce que nous avons enduré, fit Honey en pianotant des doigts sur la table.

— Une chanson sur le fait d'être prise par surprise ? Tout le monde va toujours de l'avant, hein ? Parce que c'est pas maintenant qu'on pourra tenir le coup face à une défection, dit Faith avec un large sourire.

— Ah sûrement pas, peut-être que je suis nerveuse mais certainement pas au point de faire demi-tour, insista Allison.

— Il faut aussi se dire que si l'une d'entre nous fait défaut, sa relation sera terminée parce qu'on l'aura laissé seul devant l'autel à son mariage surprise quand tous ses amis seront en train de se marier… et la marche nuptiale classique m'irait très bien, fit Clary.

— Moi aussi, acquiesça Faith avant de regarder si tout le monde était du même avis.

Et tout simplement, elles en vinrent à trouver un accord.

Se réjouissant, Kat demanda si tout était prêt pour les fleurs.

— Tout sauf ces foutues cravates assorties…

Kat hocha la tête mais fronça les sourcils. Elles passèrent en revue une liste de ce que chacune devait faire puis elles se regardèrent, inquiètes.

— Vous savez quoi ? On s'en rapproche sacrément…,

remarqua Minx.

— J'ai discuté avec Marisa, elle a trouvé un célébrant et il ne nous reste plus qu'à faire les licences de mariage,[6] ajouta Kat.

— Il faut le faire, on ne peut pas se permettre d'oublier ça, fit Honey.

— Et elle veut décorer le jardin mais ça sera un peu difficile de faire ça sans trop en révéler, fit Kat en fronçant les sourcils.

Faith pouffa.

— J'imagine mal comment on peut arriver à faire ça sans que ça n'ait pas l'air d'un mariage.

— C'est clair ! J'ai l'impression de passer mon temps à courir dans tous les sens, dit Kat.

— Ça va aller, dans quelques semaines, tout sera terminé, assura Allison.

Et là, Faith se figea sur place avant de toutes les regarder.

— Vous y croyez ? Vous y croyez qu'on fait une chose pareille ?

Toutes se regardèrent en haussant les épaules.

— Ça sera un grand jour pour toi, Kat, c'était ton idée après tout, fit Clary.

— Je ne veux rien de plus au monde que d'être la femme de Badger, dit Kat avec un petit sourire.

— Maintenant, espérons qu'il veuille bien être ton mari, rit Honey.

Kat leva les yeux au ciel.

— Ça m'empêche de dormir la nuit…

Instantanément, le silence se fit.

---

[6] Une licence de mariage est un document délivré, soit par une organisation religieuse, soit par une autorité de l'État, autorisant un couple à se marier.

— Tu doutes vraiment ? demanda Allison.

Kat fit signe de tête que non.

— Non, je crois que c'est ce qu'il veut vraiment mais je ne crois pas qu'il me ferait une demande dans l'immédiat. Peut-être dans trois, quatre, cinq, six, sept, huit, neuf ou peut-être même vingt ans avant qu'il ne se sente assez à la hauteur et il ne voudrait pas être un fardeau pour moi. Il a l'air de croire que si on est pas mariés, je pourrais faire mes valises et partir, que c'est ce que je devrais faire. Il pense pouvoir me faire fuir mais une fois qu'on est mariés, c'est pour la vie…

— C'est ça, c'est pour la vie, acquiesça lentement Minx.

— C'est un engagement, pour moi c'est un engagement à vie et je vois que pour Geir c'est la même chose. Parce que, si on était mariés, il essayerait de me faire fuir vers une vie qu'il imaginerait meilleure. Mais derrière ce papier, il y a quand même un engagement.

— Et les alliances ? Les alliances… On a plus le temps, pressa Honey.

— J'y pensais, fit Allison. On pourrait acheter des alliances toutes simples et plus tard chaque couple pourra choisir s'il veut la bague de fiançailles assortie ou alors on pourrait acheter les alliances en même temps que les bagues de fiançailles.

— On peut toujours avoir des anneaux tout simples juste pour l'occasion et acheter ensuite les vraies. J'ai vu une très mignonne alliance façon menottes, dit Minx.

Toutes la regardèrent d'un air ahuri.

Son rire résonna dans la pièce.

— Je plaisantais, mais j'en ai bien vu une paire, même si je ne suggère pas qu'on fasse ça. Mais parfois, quand les alliances ne sont pas prêtes, qu'il faut changer la taille, que la commande n'est pas encore reçue ou égarée, n'importe quelle bague fait l'affaire, c'est surtout symbolique.

— J'ai une autre proposition à vous faire même si elle n'a rien de très chic, commença Kat.

On la regarda d'un coup avec curiosité.

— J'y ai pensé et j'allais vous en parler puis j'ai oublié, puis j'y ai repensé et je me suis dit que vous voudriez sûrement quelque chose de plus classe.

— Dis-nous tout ! l'exhorta Honey.

Kat prit une grande inspiration.

— L'entreprise qui fabrique les prothèses des gars fait aussi des anneaux. Ce sont des anneaux tous simples, en titane, mais on peut y faire des incrustations d'ivoire, de jade, d'or ou tout ce que vous pouvez vouloir. Ils sont mixtes et peuvent être fait dans toutes les tailles. J'aime beaucoup, toutefois je ne suis pas certaine que ce sera votre cas, mais j'ai pensé à ça, dit-elle alors qu'elle récupérait les photos des anneaux dans son sac à main qu'elle avait posé sur ses genoux.

Faith se tourna vers elle.

— Tu sais, je pense que les gars aimeraient ça. Ils sont d'une espèce rare et ils sont tous liés à toi donc mettre en valeur une partie de tes créations, de ton ingénierie, ce serait un lien parfait avec leurs difficultés et ce qu'ils ont réussi à surmonter. Des hommes d'acier qui auront ainsi un rappel très personnel de nos places dans leurs vies.

— J'ai un gros faible pour celui avec une petite rose en ivoire au milieu, admit Kat à mi-voix.

Les femmes se mirent à échanger vivement autour des alliances.

— Ce n'est pas quelque chose qu'ils produisent en masse, il se trouve juste que je leur ai demandé donc ils m'ont envoyé certains des prototypes.

— Alors ils ne sont pas vendus au grand public ? On n'achète pas un modèle fabriqué en série ? J'aime beaucoup l'idée qu'ils soient tout à fait uniques, fit Faith.

— Et la taille ? Est-ce qu'on a le temps ? demanda Honey.

Kat acquiesça.

— Non seulement ça, mais en plus on pourra les faire graver. J'ai parlé à plusieurs reprises au fabriquant pendant la semaine et il m'a dit que c'était tout à fait faisable pour le week-end du Labor Day, qu'ils allaient passer une après-midi entière avec le concepteur et qu'ils s'en occuperaient.

— J'aime beaucoup celle avec les incrustations d'ivoire et celle qui en est l'inverse exact, fit Morning en la montrant. C'était une paire assortie.

— Est-ce que c'est un papillon au centre ? demanda Honey.

Kat confirma.

— Vous avez vu comme ils sont beaux… Mais ce seront des alliances, pas des bagues de fiançailles très chics, pas de diamants ou de pierres précieuses, pas 5000 dollars. Certes, ils ne sont pas donnés mais rien au-dessus de 500 dollars. Alors, pour une brique, on a une paire chacune.

— C'est plutôt raisonnable, commenta Honey.

— Et on pourrait faire encore moins cher, mais je crois que c'est important que chacune ait un modèle qui lui plaise vraiment et qui, à notre avis, plaira beaucoup aux gars.

— Exactement. Comme vous l'avez remarqué, ils ne portent pas de bijoux et n'aiment pas les choses sophistiquées ; ils préféreront quelque chose de simple.

— Ils voudront quelque chose de solide qui représente l'union et la force et je dois admettre que j'ai cherché sur

Internet et j'ai vu beaucoup de choses avec des émeraudes et des diamants. J'aurais cru que c'était ce que j'aurais préféré mais au bout du compte, ça ne m'attire pas du tout. L'homme que j'aime n'est pas de ce monde-là et moi non plus mais honnêtement j'aime vraiment ceux-là, dit Faith en montrant la photo devant elle.

— Oui, j'ai eu la même impression. Ils m'ont l'air beaucoup plus en accord avec ce que voudrait Badger. Simples, élégants et masculins mais plus encore, ils sont un symbole de force pour celui qui a surmonté des épreuves incroyables pour arriver là où il est aujourd'hui, fit Kat.

— Exactement et il y a beaucoup de designs différents. Tu sais, ça ne me dérangerait pas d'en avoir un comme ça. C'est du jade, pas vrai ? demanda Allison en en montrant une autre paire.

— Oui, je crois bien que ce sont des incrustations de jade. Tous ces modèles existent déjà même si chacun est unique et on pourra légèrement les modifier de façon à ce qu'ils soient bien à nous. Mince ! Par contre, il faut que je file, vous pouvez garder les photos et j'en ai d'autres à la maison. Si vous voulez, je vous les enverrai par mail mais si c'est ce que l'on veut, il faudrait que l'on se décide rapidement, expliqua Kat qui avait jeté un rapide coup d'œil à sa montre.

Après avoir salué tout le monde, elle partit. Un jour, elle pourrait rester tranquillement assise à se détendre en profitant de son déjeuner avec les filles mais il semblait qu'un million de questions se présentaient et qu'il en reste encore un million à régler.

De retour à son cabinet, son assistant était tout sourire lorsqu'il la vit passer devant la réception.

— Eh bien, tu es prête ?

— On dirait que non seulement je ne suis pas prête mais qu'en plus, je recule. Comment se fait-il qu'il faille autant de temps pour organiser correctement un mariage ? s'affola Kat.

— Oh, le mariage en lui-même, ça passera en cinq minutes, mais ce sont les détails qui comptent. Marisa a besoin que tu prennes quelques décisions concernant la décoration, fit remarquer Jim en regardant son calendrier.

Elle s'arrêta et grogna.

— Oh mon Dieu, mais j'ai oublié ça… Mais je dois passer chez la couturière. Peut-être que je peux retrouver Marisa après ? Je pourrais toujours aller prendre un verre avec elle quelque part parce que je ne peux pas la faire venir à la maison sans éveiller les soupçons de Badger. Tu crois vraiment qu'on n'en fait pas trop ? Je veux dire, c'est bien de décorer, mais on en fait pas un peu trop quand même ?

— Pas du tout. Nous viendrons installer les tables et, l'instant d'après, tout sera fini et joli tandis que vous serez toujours en train de prendre des photos.

— Les photos ! Oh mince, j'ai oublié le photographe. Je n'ai plus que quelques jours…, s'exclama Kat, en panique, qui avait blanchie à vue d'œil.

Son assistant la regarda à son tour.

— Quelqu'un n'était pas supposé s'en charger ?

Oui, sûrement, mais elle n'arrivait pas à se souvenir qui devait le faire.

— J'en parlerai à Honey, parce qu'on a quand même besoin d'un photographe.

Elle entra dans son cabinet et s'assit pesamment derrière son bureau avant d'envoyer rapidement un texto à Honey mais, dès qu'elle eut fini son message, elle vit que son assistant venait de se glisser dans l'embrasure de la porte de son bureau.

— Mme Marshall vient d'arriver.

Elle soupira et tenta de repousser toutes les pensées qui tourbillonnaient dans sa tête. Avec un sourire déterminé, Kat s'efforça d'avoir l'air accueillante alors qu'arriva sa patiente.

BADGER ARPENTAIT SON jardin, le reste de son équipe à ses côtés.

— Elle a dégotté une sorte d'organisatrice, quelqu'un qui est spécialisé de ce genre de choses. Je ne voulais pas faire ça très chic mais je ne sais pas comment dire à Kat de ne pas en faire trop.

— Si elle fait ça trop chic, Ice va se poser des questions, fit Erick qui marchait à ses côtés.

Tous les deux avaient des bières à la main, une manière pour célébrer leur retour triomphal de chez l'avocat mais ils étaient à présent aussi un peu plus méfiants comme ils avaient officiellement créé leur entreprise. Ils avaient signé de façon à tous être associés à parts égales et, aussi intimidant que ce soit, c'était aussi un vrai début. D'un commun accord, ils étaient venus boire une bière chez Badger pour célébrer cela. Mais, une fois que la discussion en vint au nombre de gens qui seraient là pour Labor Day, la conversation dériva rapidement sur l'extérieur de la maison et comment le décorer.

— Eh bien, on pourrait croire que ce genre d'organisatrice viendrait avec de quoi éclairer, de quoi rendre ça bien pour l'après-midi et la soirée et qu'elle enlève tout le lendemain. Mais qu'est-ce que j'en sais moi… J'ai été à des enterrements et à quelques mariages mais c'était des gros trucs pompeux. Et je ne sais pas du tout comment ça se passe pour des fiançailles…, fit Badger.

— On est d'accord. Si on coupe bien la pelouse, on peut accueillir pas mal de monde ici, fit Laszlo qui se tenait derrière eux et qui contemplait la vaste étendue d'herbe.

— Tu ne crois pas que ça sera un peu risqué ?

Laszlo fit signe que non.

— Ça sera très bien tant qu'il fait beau. Qu'est-ce que tu envisages si la météo se gâte ?

— Eh bien, si la météo se gâte, je peux recevoir pas mal de monde à l'intérieur, à moins qu'on veuille absolument être dehors et installer des paillotes mais je préférerais n'avoir à le faire qu'en dernier recours, grogna Badger.

— Et tu as eu le menu ?

— Non. Parce qu'à chaque fois que j'aborde le sujet, elle se trouble et ne pipe plus un mot. Je ne peux pas dire si ça la stresse de trop en faire ou si elle a peur que je m'énerve si elle a trop prévu ou pas assez.

— Tant qu'il y a beaucoup de bonnes choses à manger, je m'en fiche. Il faut qu'elle se souvienne de ça. Les gens ont besoin de manger et pas juste de la nourriture de bonne femme, fit Talon qui sortait de la cuisine, une bière fraîche à la main.

— C'est quoi la nourriture de bonne femme ?

Les gars ricanèrent.

— Les tous petits machins que t'arrives même pas attraper tellement qu'ils sont petits. Ce que tu manges en une seule bouchée ou les plateaux de légumes. Je veux dire, les mini-hamburgers, ça ne me dérange pas trop, mais les minuscules canapés ou les machins du genre… Et je ne veux pas manger des desserts microscopiques qui n'ont le goût de rien, gronda Talon.

— Ok les gars, vous foutez la trouille maintenant. Je n'ai

pas pensé à ça moi…

— Il faut qu'on fasse confiance à Kat…

— Non seulement lui faire confiance mais la traiter décemment et nous devons apprécier ce qu'elle aura fait parce qu'elle aura fait beaucoup d'efforts pour y arriver, fit Badger.

— Je crois qu'elle a dû aussi mettre Honey dans le coup parce que je la vois toujours avec un bloc-notes, elle écrit des trucs, en raie d'autres, elle passe des coups de fil, envoie des mails et quand je lui ai demandé ce qu'elle faisait, elle m'a dit qu'elle aidait Kat.

— Je vois, parce que c'est la même pour Allison qui m'a dit qu'elle retrouvait les filles pour déjeuner pour qu'elles puissent discuter entre elles.

— Et encore, elles ne savent pas encore pourquoi on fait une fête aussi formelle, pas vraie ?

Tous firent signe que non.

— Non, elles pensent juste que c'est une fête de weekend un peu chic.

Badger hocha la tête, soulagé.

— Oui, parce que Levi voulait vraiment être certain que les filles ne soient pas au courant parce que, comme vous le savez, dès qu'il y en a une qui sait quelque chose, toutes les autres sont au courant.

— Tu vas devoir t'assurer d'avoir assez de bières, Badger. Parce que je vais boire une coupe de champagne et trinquer avec vous tous, mais ensuite, tu sais que je préférerais vraiment continuer à la bière, fit Erick.

— Et moi donc, ce sera déjà assez bizarre comme ça d'être de nouveau en costard, dit Cade.

— J'ai un peu hâte quelque part parce que je veux pouvoir mettre mon costard pour autre chose qu'un enterrement, ça changerait, nota Laszlo.

Tous se turent.

— Vous croyez que ça ira de porter un costard noir d'ailleurs ? Parce que j'ai jamais eu idée de porter autre chose…, fit remarquer Geir alors que tous les autres hommes semblaient soulagés.

— N'oubliez pas que ce n'est pas nous que l'on va mettre sous les projecteurs. C'est pour soutenir Levi, ça compte pour lui et comme il a fait beaucoup pour nous…

— Pas de soucis, si Levi a besoin qu'on fasse ça, on est contents de pouvoir l'aider, dit Erick.

— J'ai hâte de voir la tête d'Ice, sourit Badger.

— Elle doit sûrement se dire qu'il ne lui demandera jamais sa main.

— Badger, est-ce que Levi t'a dit quand il comptait faire ça ? Au crépuscule ou n'importe quand ? Qu'on sache quand il faudra être attentifs…, se renseigna Erick.

— Il m'a dit qu'il improviserait, quand il sentirait que le moment est le bon…

— Est-ce que l'un d'entre vous a pensé à tout ce que l'on organise pour que Levi puisse demander Ice en mariage ? C'est quand même un sacré bazar… Depuis quand on fait des choses comme ça ? demanda Erick en plaisantant.

Ce qui lança une grosse discussion sur les fiançailles, à la traditionnelle, à la moderne via les réseaux sociaux et les fêtes… Pour Badger, c'était un ramassis de bêtises.

— Ce ne serait pas mieux de trouver un moment calme et lui demander dans l'intimité de façon à ce qu'elle soit libre d'accepter ou refuser ?

— Si j'étais prêt à demander à Morning de m'épouser, je ne le ferais pas dans un endroit où elle n'aurait pas l'option de refuser. Je ne veux pas avoir à essuyer un refus, fit Geir.

Et la conversation repartit de plus belle.

— Logique, marmonna Badger qui alla s'asseoir sur sa chaise longue d'où il observa le jardin, essayant de l'imaginer joliment éclairé, tout le monde sur son trente-et-un, et il sourit.

— Je me demande si Levi a pensé à un photographe.

— Pas la moindre idée, mais on n'a pas vraiment besoin d'un photographe, pas vrai ? dit Talon qui mettait des mots sur le ressenti des autres gars.

Badger haussa les épaules.

— Peut-être mais, si Kat s'habille chic, je voudrais bien avoir une photo d'elle.

Les autres sourirent.

— D'accord. Est-ce qu'on connaît un photographe ? s'enquit Cade.

— On est pas trop mauvais dans le domaine, mais aucun de nous n'est professionnel, fit remarquer Badger.

— Je crois que tu veux parler d'un photographe de fiançailles, mais je crois quand même que ça fait un peu trop…, fit Erick.

— Mais tu sais quoi ? Les femmes adorent ça, remarqua Laszlo.

— Il y a une différence entre en faire un peu trop et en faire beaucoup trop ! s'exclama Erick.

Et la conversation reprit encore une fois de la vigueur.

Finalement, Cade regarda sa montre.

— Je peux vous dire une chose, on sera tous dans la merde si on ne rentre pas bientôt chez nous.

Badger regarda l'heure lui aussi et se rendit compte qu'il était déjà dix-huit heures.

— Je me demande où est Kat.

Les hommes sortirent tous leurs téléphones.

— Aucune ne nous a contactés…

Mais tous se dirigèrent vers la porte et sortirent et, dès qu'ils furent tous partis, Badger appela Kat et lorsqu'elle décrocha à la seconde sonnerie, elle avait l'air un peu ailleurs.

— Kat, est-ce que ça va ?

L'intéressée grogna.

— Oui, mais je suis avec Marisa et j'essaye de régler tous les derniers détails pour la fête…

— On a encore quelques semaines, chérie, on a le temps…

— Je sais. Je serai à la maison d'ici une heure…

— Pas de problème. Tu dînes sur place ? demanda-t-il en souriant.

— Oui, je suis désolée, j'aurais dû te prévenir…

— Ce n'est pas grave.

Il rangea son téléphone, retourna à la cuisine, sortit du réfrigérateur des restes de salades et se servit. Assiette en main, il passa d'une pièce à l'autre au rez-de-chaussée, Dotty sur ses talons alors qu'il se demandait ce qu'ils devaient faire s'ils se retrouvaient à quarante à l'intérieur. Il pouvait accueillir facilement vingt personnes, mais quarante personnes essayant de s'abriter de la pluie, c'était une tout autre histoire.

Au moment où il finissait de manger, son téléphone sonna. C'était Ice. Il décrocha.

— Salut Ice, quoi de neuf ?

— Est-ce que tu aurais une chambre en plus samedi soir ? Parce qu'Alfred vient avec nous, il logera chez un ami vendredi soir, mais il ne sait pas où loger samedi…, expliqua Ice qui semblait épuisée.

— Bien sûr, pas de soucis. Tu sembles fatiguée, fit remarquer Badger.

— Oui, je suis très occupée en ce moment et Levi a l'air

un peu plus tête en l'air que d'habitude…

Badger eut beaucoup de mal à ne rien dire mais il raccrocha avec un large sourire. Il porta un toast à Levi avec sa bière et se fit la réflexion que son ami avait mis une sacrée mécanique en route.

Il ouvrit alors sa boisson et en but une longue gorgée.

CHAPITRE 9

LA SEMAINE SUIVANTE, Kat arriva la première au restaurant et, sitôt assise, elle sortit son bloc-notes pour passer en revue sa liste. Elle était allée chez la couturière, chez le fleuriste, elle avait la cravate de Badger, fait les derniers arrangements avec Marisa et s'était assurée que Jim ait la longue liste des détails qu'il aurait à régler avec Marisa. Ça, ce serait pour plus tard. Il lui sembla qu'elle avait plus ou moins le contrôle de la situation.

Lorsqu'Hindy entra dans la pièce l'air surpris, Kat lui demanda si elle allait bien.

— Tu es là un jour trop tôt.

— Aujourd'hui, c'est mardi, pas vrai ? s'étonna Kat.

— Non, chérie, aujourd'hui, c'est lundi, fit Hindy.

Kat grogna en se réinstallant dans sa chaise.

— Mais, je passais en revue tout ce que j'avais déjà fait me sentant très heureuse et, à présent, je me rends compte que j'ai une journée complète d'avance. Tant que j'y suis, est-ce que je peux avoir une salade et un café s'il te plaît ? Je vais continuer de travailler, sourit-elle mais pas sans avoir soupiré au préalable.

Avec un large sourire, Hindy se retourna et partit en cuisine.

— Tu ne devineras jamais où je suis ? demanda Kat à Honey à qui elle venait de téléphoner.

— Au restaurant…

— Comment tu as su ?

— Parce que j'étais sur le point d'y aller quand je me suis rendu compte que c'était le mauvais jour.

— Eh bien, viens quand même parce que je suis toute seule dans notre salle et je me sens vraiment bête.

— Ok, j'arrive dans cinq minutes, rit Honey.

Le temps que son amie arrive, Kat lui avait commandé un café.

— Tu sais que ça se rapproche vraiment beaucoup, fit remarquer Honey en comparant sa liste avec celle de Kat.

— J'ai passé les commandes pour les alliances, on devra aller chercher la veille, tous les jours comptent à présent.

— Je sais, on a repoussé ça à la dernière minute et l'autre chose qui m'inquiète, c'est la coiffeuse. Est-ce qu'on a pu avoir un retour là-dessus ? s'enquit Honey.

— On a trois coiffeuses ce jour-là, ce qui veut dire que d'une façon ou d'une autre, il faudra que j'arrive à cacher ça à Badger.

Honey acquiesça.

— C'est un problème pour nous toutes mais on pourrait en faire une partie chez moi et une autre potentiellement chez une autre d'entre nous et on se retrouve chez toi à l'heure prévue, coiffées.

— Mais on est supposées passer la journée ensemble, toutes habillées et, au moment venu, aller se changer, toujours parfaitement coiffées et notre maquillage retouché. Et ensuite, on sort.

Cela lança une discussion sur le timing et la logistique de l'événement, ce qui les occupa une bonne demi-heure.

— C'est pour ça qu'on organise des répétitions…, grogna Honey.

— Comme si on avait l'occasion de faire ça, rit Kat.

— On pourrait essayer de faire ça chez moi mais il nous faut une raison pour faire partir Erick parce qu'il faut vraiment qu'on voit le temps que ça va prendre, on ne peut pas se permettre de vendre la mèche.

— On a que ce week-end, le mariage a lieu le week-end prochain, fit Kat après un instant de réflexion.

— Et on aura bien besoin de toute la semaine pour arriver à nos fins.

Kat acquiesça.

— Je ne crois pas que je vais réussir à pouvoir attendre jusqu'au dernier jour.

— Pourquoi est-ce qu'on ne prendrait un jour de congé vendredi après-midi, juste avant le mariage ? Tout le monde se retrouve chez moi et on fait une répétition générale chronométrée…

— Ça pourrait marcher. Ice et Levi arrivent vendredi soir alors on passera un moment avec eux et, samedi, je crois qu'ils avaient l'intention de se balader un peu, la fête doit commencer à quinze heures, c'est ça ? Et le mariage à dix-neuf heures ?

— Ça peut le faire, je fais livrer tôt, à huit heures trente, les tables et la vaisselle supplémentaire parce qu'ils ne peuvent pas faire plus tard.

— C'est un peu tôt, grimaça Kat, mais au moins nous aurons tout le nécessaire quand nous serons prêtes.

— Il faut que ça marche, le fournisseur a vraiment insisté sur l'horaire car ils ont pris beaucoup de retard parce qu'on les a prévenus à la dernière minute…

— C'est vrai, et en plus on a Alfred qui arrive samedi en début de journée.

— D'accord.

Elles restèrent là un moment. Kat changea de position et regarda Honey.

— Tu doutes ?

— Non, c'est vraiment ce que je veux mais j'ai quelques appréhensions à l'idée de leur forcer la main comme ça.

— Tout pareil…

— Mais j'ose pas abandonner parce que je sais que ça aurait un effet dévastateur pour tout le monde. On fait ça toutes ensemble, on a fait ce chemin ensemble, on a organisé, engagé l'argent, on ne peut plus revenir en arrière désormais.

— Non, mais il faut s'assurer que rien n'aille de travers jusqu'au dernier instant, fit Kat qui se demanda si elle allait encore tenir le coup douze jours.

Dans l'état actuel des choses, son planning de travail était soutenu et, durant le week-end, il lui faudrait faire les courses, le ménage et déplacer le mobilier de façon à gagner de l'espace dans la maison.

LE TEMPS QU'ARRIVE la répétition générale du vendredi, Kat était en train de perdre la tête. Elle n'avait pas dit à Badger qu'elle avait pris son après-midi parce s'il avait su qu'elle ne travaillait pas, il se serait imaginé qu'elle était à la maison en train de nettoyer la cuisine et se préparer à avoir de la visite. Au lieu de ça, elle était chez Honey.

Et puisque Badger avait entraîné Erick à l'extérieur, il n'y aurait personne chez elle. Kat entra chez Honey avec une boîte à la main en même temps qu'Allison arrivait avec une enveloppe.

— Les licences ? s'enquit Kat.

Allison acquiesça.

— Toute la paperasse est en ordre et tout est payé, fit-elle puis voyant la boîte, elle poussa un petit cri.

— Oh mon Dieu ! Est-ce que ce sont les alliances ?

Dans la cuisine, toutes les femmes passaient en revue ce qu'elles avaient, dont un assortiment de cravates de la bonne couleur qu'elles feraient distribuer par Ice ou Levi. Il avait fallu les étiqueter de façon à savoir à quel homme revenait chaque cravate parce que ce serait un désastre si les gars n'avait pas la bonne couleur. Les boutonnières et les bouquets allaient être livrés le samedi après-midi et Ice devait intercepter la livraison avant que les gars puissent surprendre quoi que ce soit, et tous les arrangements avec le traiteur avaient été faits.

Toutes étaient au bord de la crise de nerfs et Honey avait laissé une bouteille de champagne ouverte sur le plan de travail, la boisson coulant à flots.

— J'arrive toujours pas à croire qu'on fasse ça, fit Honey.

— Non seulement on fait ça, mais c'est demain. Vous vous rendez compte qu'on se marie demain ? C'est notre enterrement de vie de jeune fille là… À nous ! rit bruyamment Faith en toastant et toutes levèrent leurs verres et trinquèrent.

Honey ouvrit la porte qui donnait sur son jardin.

— Par ici ! C'est approximativement l'espace disponible derrière la piscine chez Kat. Ce que je me suis dit, c'est que l'on allait installer les gars à l'extrémité du jardin, chacun avec sa cravate colorée et Ice et Levi seront nos témoins.

— J'avais oublié ça, grogna Kat.

— Alors, une fois que tous les hommes sont en place, Ice s'installera près de la porte vitrée pour nous donner le signal et on sort. Tandis qu'on traverse la pelouse pour rejoindre nos hommes, on passe la marche nuptiale et, une fois à leur hauteur, on leur prend le bras et on se retourne pour toutes faire face en même temps au célébrant.

— Et on croit vraiment que les gars vont rester là comme des robots en nous laissant faire ? fit remarquer Allison.

Elles éclatèrent toutes de rire bruyamment.

— Je peux imaginer leurs expressions. D'abord, il faudra qu'ils se remettent du choc de ce qu'ils viendront de voir, ensuite, du choc de ce qui est en train de se passer et, quand ils s'en seront remis, le juge de paix pourra commencer à poser ses questions. Mais je ne peux pas imaginer que tout se passe absolument sans accroc, dit Minx.

Les femmes échangèrent des regards inquiets, chacune ayant peur d'être rejetée et le préjudice certain que cela pourrait porter à son couple.

— Je refuse d'y croire, je vais jusqu'au bout. J'en ai besoin. J'ai l'impression que c'est la seule façon que Badger puisse accepter de sauter le pas, fit Kat à mi-voix.

Les autres acquiescèrent.

— Mais ça ne veut pas dire que je dormirai tranquille cette nuit, j'ai l'impression qu'il faudra que je demande son pardon à Erick si jamais je faisais demain quelque chose qui lui déplairait, dit Honey.

Les autres grimacèrent mais Kat comprit.

— Tu fais ce que tu as à faire mais tu arrives à l'heure. Nous avons donc trois coiffeuses chez trois personnes différentes, on est huit à se faire coiffer, Ice y compris parce qu'elle est de la combine. Je crois que ses cheveux platine seront superbes.

Tout le monde partageait son avis.

— Pour le maquillage, on fera les retouches juste avant le

mariage et on viendra se changer dans ma chambre. Toutes les robes sont pour l'instant dans ma chambre d'amis dans des housses alors…, dit Kat sans finir sa phrase comme si elle était perdue dans ses pensées avant de se reprendre.

— Alors, est-ce qu'on a fini ? Parce que j'ai l'impression qu'on a presque fini…

Toutes se regardèrent.

Honey serra délicatement Kat dans ses bras avant de reculer d'un pas.

— Pour le meilleur ou pour le pire, je suis vraiment heureuse que tu aies mis en route tout ça…

— J'espère vraiment, parce que si quoi que ce soit va de travers, ça pourrait être la fin de très belles amitiés, marmonna-t-elle.

Minx alla la rejoindre et la prit aussi dans ses bras.

— Mais ce n'est pas de ta faute, on est toutes venues là de notre plein gré, c'est ce dont on a toutes envie.

Clary les rejoignit et passa son bras sous celui de Kat.

— On doit faire confiance, les gars sauront qu'on fait ça pour une bonne raison.

— Et en plus, ça a l'air de beaucoup amuser Ice et Levi, fit Minx en riant.

— Oh mon Dieu, c'est vrai ! Demain, rappelez-vous qu'on commence à se faire coiffer à treize heures et tout le monde se retrouve chez moi à quinze heures, c'est ça ?

Et sur ce rappel, elle sortit en saluant tout le monde de la main après avoir gratifié chacune d'une brève étreinte. « Faites que tout se passe sans embûche », implora-t-elle au plus profond d'elle-même.

Et elle rentra chez elle.

BADGER ET KAT avaient passés une très bonne soirée avec Levi et Ice et, pourtant, Kat avait eu l'air sur la défensive ; quoi qu'il fasse, il n'avait pas réussi à la faire se détendre. Le lendemain matin, Badger se leva, se doucha rapidement et descendit au rez-de-chaussée et, alors qu'il se dirigeait vers le couloir, il vit Ice et Levi installés sur les chaises longues, alors il sortit sur la terrasse.

— Content de voir qu'il y a des gens du matin…

Ses invités lui sourirent.

— On a toujours été des gens du matin, ce n'est pas facile de changer les habitudes de toute une vie, fit remarquer Levi à voix basse.

Badger comprit.

— Je vais faire du café, je reviens.

Il retourna à la cuisine, mit en route la cafetière et, lorsqu'il alla chercher de quoi préparer le petit-déjeuner, il vit que le réfrigérateur débordait de nourriture pour la fête du soir même. Il secoua la tête et, dans un marmonnement, souhaita que Kat se lève rapidement mais il n'était pas sérieux. Il ne savait seulement pas ce qu'il était supposé servir en guise de petit-déjeuner. Toutes les étagères étaient pleines à craquer.

Une fois le café prêt, il mit sur un plateau la verseuse à café et des tasses et posa le tout sur le guéridon.

— Vous avez dit qu'Alfred arrivait aujourd'hui ?

Levi acquiesça.

— Il logeait chez des amis hier soir mais ils partaient aujourd'hui alors il espérait pouvoir dormir ici jusqu'à ce que l'on retourne à la maison.

— Nous sommes très contents de l'héberger, ça fait toujours plaisir d'avoir des amis chez soi, fit Badger.

— Tu as quelque chose de prévu aujourd'hui ? demanda

Ice alors qu'ils buvaient leur café.

Badger saisit le regard de Levi et le tout petit signe de tête qui voulait dire « ne lui dis rien », alors il sourit et dit :

— Quelques courses, peut-être aussi des trucs à faire en ville. Et toi ?

— En début d'après-midi, je vais chez le coiffeur. Apparemment, il y a une fête ce soir qui est assez chic. On m'a fait amener une robe que je n'ai pas encore eu l'occasion de mettre, Levi me l'a offerte il y a longtemps et ce n'est pas précisément quelque chose que je peux mettre très souvent, sourit Ice.

— Je suis certaine que tu seras ravissante, complimenta Badger.

Elle leva des yeux au ciel.

— Peut-être. Ce ne sera pas très confortable parce que ce n'est pas la façon que j'ai de m'habiller pour travailler…

— C'est pas une mauvaise chose, parce que tout ne tourne pas autour du travail, fit remarquer Levi.

— Non, c'est vrai ! Mais, en ce moment, on attend toujours les camions de ciment pour couler la nouvelle piscine et j'étais ravie quand j'ai appris que tu avais en avais une, rit Ice.

— Et j'espère que tu as amené un maillot de bain, tu peux utiliser la piscine à ta guise, fit Badger.

Elle acquiesça.

— Si ça ne te dérange pas, je vais aller l'enfiler et faire quelques longueurs…

— Vas-y ! Je suis désolé que tu te sois sentie obligée de demander, tu aurais très bien pu aller te baigner à 5 h du matin sans que je le sache.

Elle sourit largement.

— Peut-être que je ferai ça demain matin, dit-elle en se levant.

Ils l'entendirent traverser le salon et le couloir puis arriver à l'escalier qu'ils entendirent grincer alors qu'elle montait à l'étage.

— Hey, vous êtes prêts les gars ? demanda Levi à mi-voix.

— Je crois bien, t'as amené la boisson ?

— Alfred a amené le plus gros, on a fait ça à deux véhicules et le sien en est plein à craquer.

— Parfait ! J'avais peur qu'on ait à faire une ou deux visites à des magasins de spiritueux aujourd'hui, fit Badger avec satisfaction.

— On en aura peut-être besoin, tu as pensé à la vaisselle et les trucs du genre ? demanda encore Levi.

Badger grimaça.

— Tu t'imagines bien que je n'y ai pas pensé mais j'espère que Kat y a pensé et j'imagine que si ce n'est pas le cas, on aura quelques courses à faire ce matin.

Il se leva et leur resservi du café et tandis qu'il ramenait les tasses, Ice descendait les escaliers en bikini et un paréo sur les épaules.

Grande, mince, les muscles secs d'une danseuse, elle passa devant lui avec une grâce dans chacun de ses mouvements. Ses cheveux tressés, elle posa son paréo et alla à l'extrémité de la piscine où elle plongea d'un mouvement souple. Badger appréciait sa force et son agilité alors qu'elle nageait d'une extrémité à l'autre bout du bassin.

— C'est une sacrée nageuse !

— Natation de compétition, elle me fait des histoires depuis une éternité pour avoir une piscine…

— Je vois bien pourquoi.

Lorsqu'il releva la tête, il vit Kat qui était dans l'encadrement de la porte, tout ébouriffée et elle passa une main devant sa bouche pour réprimer un bâillement. Elle alla s'asseoir sur la chaise longue qu'Ice avait désertée.

— Je vois qu'Ice apprécie la piscine. Bonjour Levi, comment vas-tu ?

— Je vais bien, et toi ? dit-il en riant.

Elle semblait radieuse.

— Ça ira mieux une fois que je serai bien réveillée, j'ai eu du mal à dormir la semaine dernière…

— Tu as encore mal dormi ? grimaça Badger.

Kat confirma.

— Oui, mais ce n'est pas grave, je dormirai bien mieux cette nuit.

— Je suis désolé que l'organisation de la fête t'ait causé autant de stress, je ne voulais pas que tu te tues à la tâche non plus…

— Il y a des choses qui en valent la peine, rit-elle en relevant le petit sourire de Levi.

Badger ne comprit pas tout à fait cet échange de sourires mais il fallait s'attendre à tout étant donné la fête surprise du soir même. Il se tourna vers Kat.

— J'ai regardé dans le frigo si je pouvais prendre quelque chose pour le petit-déjeuner mais il déborde de nourriture pour ce soir…

Elle rit.

— Oui et celui d'Honey aussi. Tant qu'à faire la fête, on a décidé d'en faire un peu plus.

— On n'aura sûrement pas besoin d'autant de nourriture, pas vrai ?

— Oh, eh bien, on aura quand même besoin de manger le reste du week-end, contra-t-elle.

Il haussa les épaules.

— C'est sûrement vrai mais je ne savais pas quoi préparer pour le petit-déjeuner parce que je ne savais pas si quelque chose devait être utilisé pour un repas précis.

— Après quelques autres cafés, je préparerai le petit-déjeuner, j'ai pas mal de choses à faire et ensuite des rendez-vous tôt cet après-midi, tout le monde doit être là sur le coup de quinze heures alors la journée va être chargée.

Badger voulait lui poser d'autres questions mais, au même moment, Ice sortit de la piscine et vint les rejoindre, ruisselante. Avec une serviette, elle s'enturbanna les cheveux et s'enveloppa dans une autre alors qu'elle s'asseyait pour profiter du soleil du matin.

— Bonjour, Kat ! s'exclama-t-elle.

Kat la regarda en souriant.

— Heureuse te voir aussi radieuse et joyeuse ce matin.

Ice rit.

— Hey ! C'est une très belle journée, je ne suis pas à la maison, je ne travaille pas, tout va bien dans notre monde alors c'est le moment parfait pour venir vous voir.

Après ça, la conversation reprit jusqu'à ce que Badger vit Kat se lever et prendre la direction de la cuisine et, lorsqu'elle rentra, il lui demanda si elle avait besoin d'un coup de main.

— Non, ça va ! fit-elle avec un sourire lubrique et elle rentra à l'intérieur.

— T'as l'air sacrément amoureux, releva Levi.

— Tout à fait et sacrément heureux de l'être, sourit Badger.

— C'est comme ça que ça devrait être. C'est difficile quand on ne sait pas où on va et qu'on ne sait pas ce que l'on ressent, fit Ice avec un sourire doux.

— J'ai une idée très claire de là où je vais et je sais très exactement ce que je ressens, déclara Badger.

Il lui semblait qu'il y avait quelque chose de plus dans

leur regard et, en considérant ce que Levi avait prévu pour le soir même à l'insu d'Ice, ce week-end serait très intéressant. Badger appréciait vraiment ce petit jeu. Parce que ce soir-là, il y aurait de grandes joies. Il avait hâte !

CHAPITRE 10

S UR LES COUPS de treize heures, Kat entra chez Erick et, lorsqu'elle arriva dans le salon, Honey l'attendait tout sourire.

— Erick vient de partir, Badger avait besoin d'un coup de main. Je crois bien qu'ils sont allés acheter de la boisson ou quelque chose du genre. Mais j'ai l'impression qu'on aura tellement mangé et qu'on aura tellement bu qu'on ne se souciera pas de ce qui est en train de se passer.

— Ice est chez moi et elle attend Jim et Marisa qui vont venir décorer.

Riant, les deux femmes se dirigèrent vers la chambre d'Honey où s'était installée la coiffeuse.

— On a des livraisons tout l'après-midi, j'ai dû faire sortir les gars. Ice garde la boutique, elle accepte les livraisons et entrepose tout dans la chambre d'amis. Alfred vient seul comme ils ont finalement décidé que Bailey resterait au complexe pour s'occuper de ceux sur place et, dès qu'il arrive, Ice aura le temps de se faire coiffer, se préoccupa Kat.

— Tu y vas en premier, comme ça tu peux retourner t'occuper du reste. La coiffeuse te fera les dernières retouches nécessaires juste avant la cérémonie.

Diligemment, Kat s'assit et laissa la coiffeuse œuvrer. Assise, les yeux clos, elle se mit à passer en revue tout ce qu'il restait encore à faire. À présent, elles étaient sur la corde raide comme il ne restait que quelques heures avant le début de la cérémonie qui commencerait à dix-neuf heures. Moins de six heures. Et quand elle voyait tout ce qui lui restait à faire sur sa liste pendant ces six heures…

Lorsque la styliste lui tapota délicatement les épaules et lui dit qu'elle pouvait à présent regarder, elle ouvrit grand les yeux et poussa un petit cri. Ses cheveux étaient à présent ondulés et son visage avait été délicatement maquillé de façon très subtile en accord avec sa carnation mais en soulignant sa beauté naturelle qu'elle voyait rarement dans le miroir.

— Wahou !

Honey confirma son impression.

— On ajoutera les fleurs tout à l'heure.

Kat descendit de la chaise, étudiant son visage, admirative.

— Wahou ! C'est vraiment magique ce que vous avez fait là, dit-elle à l'intention de la coiffeuse, Éloïse, qui rougissait.

Kat la serra brièvement dans ses bras et remercia à plusieurs reprises Éloïse qui haussa les épaules.

— Vous êtes une femme superbe, c'est beaucoup plus simple quand on part de là.

Honey serra Kat dans ses bras.

— Allez, à mon tour maintenant, il est déjà quatorze heures.

Kat la dévisagea, horrifiée.

— Oh mon Dieu, il faut que je file.

Elle se précipita dehors et rentra chez elle. Une fois arrivée, elle se regarda une nouvelle fois dans le miroir, sa coiffure était toujours en place.

Ice la détailla du regarda et poussa un sifflement admiratif.

— Wahou !

— Je sais ! Cette coiffeuse, c'est une magicienne !

Alors qu'elles se dirigeaient vers la cuisine, Kat se rendit compte que Marisa était déjà dans le jardin.

— Allez faire ce que vous avez à faire, Jim est là ! On gère.

— D'accord, mais il est quatorze heures passé, vous savez, rappela Kat.

Marisa acquiesça.

— Je vous l'ai dit, on gère !

Kat se précipita à l'étage, Ice sur ses talons.

— Est-ce que tout est arrivé ? demanda-t-elle une fois dans la chambre qu'elle avait transformée en vestiaire.

Sept housses étaient accrochées dans la penderie, sur le lit, sept boîtes de chez le fleuriste et les cravates assorties étaient alignées non loin et elle regarda le tout avec une crainte admirative.

— Oh mon Dieu ! Mais qu'est-ce qu'on est en train de faire ?

— Quelque chose d'absolument fantastique et je ne t'aiderais pas si je n'avais pas cru que c'était la meilleure chose à faire, dit Ice.

Kat sentit quelques larmes perler au coin de ses yeux. Elle secoua la tête en tentant de les essuyer délicatement pour ne pas gâcher son maquillage.

— Je suis vraiment émotive aujourd'hui…

— Comme il se doit. Tu te maries aujourd'hui, sourit Ice.

Kat s'arrêta un moment et fit signe à Ice d'y aller.

— Ainsi soit-il. Il faut que tu ailles te faire coiffer, moi ça va.

À quinze heures, personne n'était encore là. En voyant toute la nourriture et encore rien de prêt, Kat grogna mais Alfred était d'une efficacité redoutable et il la fit sortir de la cuisine.

— Je crois bien avoir entendu une voiture.

Elle accéléra donc le rythme et monta à l'étage, c'était Badger et elle alla chercher dans sa chambre les vêtements dont elle avait besoin avant de s'enfermer dans la salle de bain. Là, elle contempla longuement la femme dans le miroir. Elle ne pouvait pas croire qu'elle faisait une chose pareille. Yeux clos, les mains sur sa poitrine, elle tenta de se rassurer. Il fallait vraiment que tout se passe bien.

Lorsque Kat entendit que Badger était dans le couloir, elle se déshabilla promptement et enfila sa tenue de fête. C'était une robe fourreau, simple et élégante, fendue le long de la jambe et c'est là qu'elle remarqua qu'elle n'avait pas pris avec elle sa prothèse élégante qui était nécessaire avec ce genre de vêtement. La robe était vraiment simple, un motif géométrique noir et bleu nuit et, au centre, un motif turquoise qui était assorti à son maquillage. Elle se redressa, remit du déodorant, se parfuma puis sortit de la salle de bain. Fort heureusement, Badger n'était plus là.

Dans le dressing, elle récupéra sa prothèse et, assise sur le lit, elle la changea puis passa devant le miroir pour un dernier regard en soupirant. S'il fallait bien trouver un avantage à tout ça, elle se trouva particulièrement belle. Kat descendit donc les escaliers et, comme elle entendait du bruit, elle se dit que les invités avaient dû commencer à arriver.

Lorsqu'elle arriva au rez-de-chaussée, Honey et Erick venaient d'entrer. Honey eut un sifflement admiratif.

— Tu es divine !

— Je pourrais te dire la même chose, rit Kat.

Elles se prirent par le bras et allèrent à la cuisine où Badger s'affairait à ouvrir des bières pour toutes les personnes qui arrivaient et se dirigeaient ensuite vers le jardin. Il la regarda et s'arrêta net, le sourire sur son visage n'avait pas de prix. La balayant du regard, il la rejoignit et se baissa pour l'embrasser avec force, un baiser possessif et intense.

Du temps qu'elle commence à se blottir contre lui, il recula et regarda son visage.

— C'est vraiment la façon dont j'avais envie de te voir…

— Et comment voulais-tu me voir ? demanda-t-elle, les lèvres tremblantes.

— Bien… aimée, fit-il sur un ton taquin.

Kat s'empourpra et fusilla Badger du regard, ce qui le fit rire.

Une fois dans le jardin, Kat essaya d'aller discuter avec ses invités mais elle avait l'estomac noué. Les gens venaient par vague, autant des personnes connues que d'autres qu'elle ne connaissait pas encore. Dennis était là avec sa femme et leurs jeunes enfants et elle s'arrêta discuter un moment avec eux avant de passer au reste des invités.

— C'est pratiquement comme si tout le monde se doutait qu'il se passe quelque chose, fit Badger en la saisissant au vol.

— C'est difficilement une surprise quand cinq des sept SEALs nés en août et septembre sont ici, lui fit remarquer Kat.

Il acquiesça.

— Il faut qu'on sorte de la nourriture, les gens vont être affamés, il n'y a eu que quelques bricoles à grignoter.

Elle se rendit compte qu'il était plus de dix-sept heures et, prenant une grande inspiration, elle acquiesça et rentra à la cuisine où Alfred s'affairait à préparer le repas. Jim et son partenaire sortaient de la cuisine, chacun portant un grand plateau et Jim lui fit un clin d'œil au passage.

Kat s'abstint délibérément de tout commentaire et continua d'avancer après avoir discuté avec Alfred. Une fois s'être rendu compte que tout était sous contrôle, elle prit une grande inspiration et essaya de se détendre. Le temps filait à une vitesse folle.

— Est-ce que tu es prête ? lui demanda Morning qui venait de se matérialiser à ses côtés.

— Absolument pas !

Elles s'arrêtèrent devant les portes vitrées à écouter l'agitation et l'affairement à l'extérieur. Il y avait de la musique, les gens discutaient et les trois enfants étaient dans la piscine mais il y avait toujours un adulte pour garder un œil sur eux.

— Ça ressemble à une grande fête de famille, fit remarquer Kat.

— Ça va changer dès le moment où le soleil va se coucher, dit Morning.

Kat prit une autre inspiration.

— Ça va changer très rapidement. On dirait bien que les gars sont en train de disparaître.

— Bien, on a encore beaucoup à faire pendant une heure, fit Morning.

— Certaines ont déjà commencé…

La panique commença à envahir Kat, lui nouant la gorge et elle resta immobile un moment, incapable de bouger jusqu'au moment où Ice vint la rejoindre.

— Vas-y ! Il est déjà tard, il faut que tu y ailles, l'exhorta Ice.

— Je crois pas pouvoir le faire ! fit Kat qui commençait à s'affoler et Ice agrippa fort ses doigts.

— Kat, c'est le moment que tu attends puis toujours. Sois forte, tu sais pourquoi tu fais ça.

— Mais je ne lui aurais pas laissé le choix, c'est injuste pour lui.

Ice lui fit un sourire lumineux, doux et compréhensif.

— Est-ce que tu l'aimes ?

— De tout mon cœur, sourit Kat.

— Alors, il faut que tu le fasses, c'est exactement ce dont Badger a besoin.

Kat acquiesça immédiatement et se volatilisa, même si elle n'était certainement pas convaincue, elle savait les efforts qu'elle avait fait et elle ne pouvait pas ignorer ça. Et puis, six autres femmes comptaient sur elle. Lorsqu'elle arriva dans la chambre, toutes étaient à différentes étapes de leur habillage. Certaines enfilaient leur robe, on retouchait le maquillage d'autres et à d'autres encore on ajoutait les fleurs à leur coiffure.

— Oh mon Dieu, ce que vous êtes belles ! s'exclama-t-elle.

La coiffeuse s'affairait à retoucher la coiffure de Minx et y ajoutait les fleurs avec patience et efficacité.

— Je crois bien qu'on va être en retard, s'affola Honey.

— Je ne suis même pas encore prête… Je n'arrive toujours pas à croire qu'on fasse une chose pareille, fit Kat en enlevant sa robe fourreau et allant chercher sa robe de mariée.

Elle avait mis de la lingerie flambant neuve et enfila sa robe avec précaution, sa robe qui était exactement la même que les autres femmes et pourtant elle était unique. Devant le miroir, elle soupira.

— Est-ce que tout le monde a ses alliances ?

— Je crois que c'est Levi qui les a, non ?

On frappa et le silence se fit dans la pièce.

— Kat, c'est moi, est-ce que je peux entrer ? demanda Ice de l'autre côté de la porte que Kat alla ouvrir et sitôt qu'Ice les vit toutes, elle se mit à pleurer.

Elle-même dans une robe fourreau dorée et les cheveux en boucles souples, elle était sublime.

— Oh mon Dieu !

Kat ferma précipitamment la porte derrière elle.

— Je sais ! Tu peux me refermer ma fermeture éclair, s'il te plaît ? demanda-t-elle et Ice s'exécuta pour Kat et pour toutes les autres femmes qui, oui, était en retard. Il était plus de dix-neuf heures quand Ice leur dit qu'elle devait descendre.

— Les hommes ne sont-ils pas superbes ? Je n'arrive pas à croire qu'ils soient aussi charmants…

Ice rit.

— Oh, ça, oui, chacun a une cravate d'une couleur différente, comme convenu.

— J'espère seulement qu'ils ont la bonne, on veut vraiment leur être assortis.

Le rire d'Ice résonna tout le temps qu'elle mit à descendre les escaliers.

Puis, ce fut le tour de Kat de se faire retoucher sa coiffure.

Et toutes se levèrent ensemble, échangeant des regards.

Le moment de vérité, le moment qu'elles avaient passé depuis des semaines et des semaines à organiser était venu.

— Comment est-ce que l'on va s'assurer que tous les invités sont dehors et que personne ne nous voit descendre ?

Kat ouvrit la porte et sortit dans le couloir. Alfred était en haut des escaliers et, après les avoir vues, il fut tout sourire.

— Ah, ça fait plaisir à voir !

— Alfred, est-ce qu'il te serait possible que tu t'assures que tous les invités sont dehors ?

Il acquiesça.

— Jim, Marisa et moi avons déjà fait le ménage, tout le monde vous attend désormais…

Elles se glissèrent au rez-de-chaussée d'un pas prudent, toutes parées pour leur mariage. Une fois en bas, elles entouraient toutes Alfred qui semblait abasourdi.

— Je n'ai jamais vu autant de jolies femmes au même endroit, fit-il remarquer, des larmes perlant au coin des yeux.

Elles rirent nerveusement, pépiant en cercle.

— On arrive à peine à sortir maintenant, c'est déjà terrible d'être nerveuse quand ton futur mari t'attend mais dire qu'il y a sept hommes qui nous attendent sans la moindre idée de…

Alfred leur fit un large sourire empli de fierté.

— Et aucun d'entre eux ne sera déçu. Nous avons des photographes, Levi parle aux gars et, dès que je donne le signal, il les fera se mettre en position. Ils seront légèrement sur le côté. Le petit autel que Marisa a fabriqué est vraiment très joli et le célébrant est dans la foule.

— Ok, allons-y ! fit Kat en acquiesçant et elle redressa la tête.

Alfred lui tapota la main et approuva. Lorsqu'il se dirigea vers les portes vitrées, Kat le vit faire signe à Levi qui plaça les gars. Levi écouta le célébrant, qui s'était tenu derrière jusqu'à présent, dire quelque chose et acquiesça, puis se mit devant l'autel, les gars ne pouvant pas le voir comme il était derrière eux.

Les invités se rendaient tous compte que quelque chose était en train de se passer, on entendit des murmures, des petits cris et des chuchotements, puis la musique changea et tout le monde se tut.

— C'est notre morceau ! dit Kat à l'intention des six autres femmes.

Toutes hochèrent la tête et chacune prit une autre femme par la main et elles dirent ensemble : « nous faisons ça parce que nous les aimons ». Kat, sachant qu'elle devait être la première, traversa le salon et les portes vitrées.

Instantanément, le jardin s'emplit de cris de surprise. Mais, à chaque femme qui sortait, une, puis deux, puis trois, quatre, cinq, six et puis sept avec Allison qui fermait la marche, les cris se turent. Bouquet à la main d'un côté de la pelouse en face des hommes, également sur leur trente-et-un, elles allèrent les rejoindre l'un après l'autre.

Kat regarda Badger qui avait l'air en état de choc, pratiquement terrifié, alors qu'il regardait les autres hommes se demander comme lui ce qui se passait puis plonger comme lui les yeux dans les yeux dans ceux de la femme qui venait le rejoindre.

— Badger ? demanda-t-elle en se rapprochant.

— Oui ? demanda-t-il avec méfiance.

— Est-ce que tu m'aimes ?

— Tu sais que je t'aime, acquiesça-t-il.

Elle sourit.

— Et tu sais que moi aussi je t'aime ?

— Oui, je le sais, dit Badger en hochant lentement la tête.

Toujours souriante, Kat tendit la main.

— Veux-tu m'épouser ?

Il ouvrit une bouche béante et regarda les autres hommes. Kat en profita pour voir comment s'en sortait ses amies. Dans d'autres circonstances, toute cette rangée d'hommes abasourdis l'aurait bien fait rire mais ce n'était pas le moment.

C'était un moment crucial pour elle.

Kat jaugea le regard de Badger, elle voyait les pièces du puzzle se mettre en place : les femmes en robe, les couleurs assorties de leurs cravates, étaient toutes alignées, leur tendant la main. Badger regarda une dernière fois les environs et elle se mit à ses côtés pour le faire se retourner dans la direction du célébrant et posa un doigt sur ses lèvres.

— La seule chose que tu as besoin de savoir, c'est si tu m'aimes et la seule chose que j'ai besoin de te dire, c'est combien je t'aime.

Badger n'arrivait pas à parler et il déglutit péniblement.

— Tu n'as pas besoin de dire quoi que ce soit, du moins pas avant une minute, mais maintenant tu as juste à hocher la tête.

Il sourit et, prenant sa main, il embrassa ses jointures.

— Oui, murmura-t-il.

Et comme tous les autres couples de la rangée, ils faisaient à présent face au célébrant lorsqu'il commença son discours.

— Chers amis, nous sommes assemblés ici ce jour pour célébrer…

Le cœur de Kat était empli de joie et de quiétude, elle avait fait la bonne chose. La cérémonie passa en un éclair et son cœur se gonfla de bonheur alors que chacun des couples était appelé et prononçait ses vœux. Puis, le célébrant demanda les alliances et Levi les lui donna.

Quand Badger vit l'anneau de titane brut, il sourit et, lorsqu'il vit la petite pièce d'ivoire qui était enchâssée comme dans celui de Kat, il soupira de contentement.

— Comment est-ce que tu as su ?

— Tu sais, la seule chose que je peux te dire avec certitude désormais, Badger, c'est que je te connais vraiment, dit-elle en tendant la main alors qu'il lui glissait l'alliance à l'annulaire de la main gauche.

— Et maintenant, vous pouvez embrasser la mariée, fit le célébrant.

Badger la rapprocha délicatement de lui et murmura un « Dieu merci » en l'embrassant et ça n'avait rien d'un baiser chaste pour conclure une cérémonie, c'était un baiser qui n'était pas fait pour être vu en public, échauffé et possessif, un de ces baisers qui disent « Tu es à moi désormais ».

Et elle n'aurait pas pu être plus heureuse.

La foule poussa des cris de joie.

BADGER ÉTAIT TOUJOURS un peu confus, il n'avait pas tout à fait compris ce qui venait de se passer. Quand il avait vu Kat se diriger vers lui dans cette robe splendide, son bouquet assorti à sa cravate, il avait finalement compris pourquoi Levi leur avait demandé de porter ces cravates. Il se rendit compte aussi de tous les efforts qui avaient dû être nécessaires pour rendre ça possible. Tous ses camarades avaient l'air aussi hébétés que lui et pourtant largement aussi heureux.

Erick croisa son regard et haussa les épaules comme pour dire « Mais comment ont-elles fait tout ça ? »

Il savait bien que son incrédulité se lisait sur son visage mais aucun d'entre eux ne voulait lâcher le bras de la femme qu'il tenait contre lui. Il avait toujours son bras sur les épaules de Kat.

— Je ne sais pas comment tu as fait ça, mais merci.

— Mais merci à toi, murmura-t-elle en effleurant ses

lèvres.

— Et moi qui croyais que c'était uniquement pour Levi…, dit Badger en l'embrassant à nouveau.

Alfred et Jim firent appel à quelques hommes de l'assistance et, en quelques minutes, les tables furent installées et chargées de victuailles. La foule était encore en liesse et applaudissait, Dotty aboyait et on continuait d'entendre la musique, mais Badger n'en remarqua rien. Il ne pouvait pas croire la chance qu'il avait eu de trouver quelqu'un qui l'aime comme il était et qui voulait passer sa vie avec lui.

Kat le serra dans ses bras, elle avait l'air tellement heureuse d'être là à ses côtés et elle sourit.

— Levi et Ice nous ont beaucoup aidées.

Badger se retourna et vit Ice qui portait une minuscule robe dorée qui donnait l'impression qu'elle avait des jambes interminables. Elle se tenait aux côtés de Levi, tout sourire, presque à pleurer, l'air rajeuni et ravissante.

— Elle est splendide, pas vrai ?

— Lui aussi est superbe, s'il y avait un couple qui a besoin d'être ensemble, c'est bien eux, admit Kat.

Et, sous leurs yeux, Levi se retourna, mit un genou en terre et la foule se tut. Il tendit la main et présenta un petit écrin, Ice le dévisagea et tout le monde retint son souffle silencieusement parce que l'on ne voulait pas manquer sa réponse. Elle avait l'air si surprise que Badger se demanda si Levi n'en avait pas fait un peu trop. Son cœur se serra de douleur pour l'homme qui avait toujours été là pour eux.

— On dirait bien que Levi avait quelque chose de prévu, lui aussi, murmura Kat.

Badger secoua la tête, n'osant pas manquer le moment en parlant.

Ice se dégela au même moment et cria « OUI ! » avant de

se jeter dans les bras de Levi et la foule poussa des cris de joie. Levi se releva et la serra contre lui avant la faire virevolter et de l'embrasser passionnément.

Surpris et ravi, Badger serra Kat contre lui.

— Tu l'avais vu venir, ça ?

— Non, je n'en avais pas la moindre idée, chuchota Kat à son mari.

— On dirait bien que c'est Levi qui aura réussi à nous surprendre tous, rit Badger.

Et il serra plus fort Kat contre lui pour l'embrasser à nouveau.

C'est la fin du tome 8 de
Légion d'acier, La Grande Révélation.
Découvrez *Ethan, K9 Files : chiens de guerre, tome 1.*

Ethan, K9 Files :
chiens de guerre, tome 1

Quand une porte se ferme… les secondes chances en ouvrent d'autres…

Ethan est au désespoir depuis qu'un grave accident l'a fait basculer de la vie militaire à la vie civile, du travail avec les chiens aux petits boulots… Il a passé des mois à se remettre de ses blessures physiques. Quand il retrouve Badger et le reste de son groupe d'anciens soldats des SEAL, le Titanium Corp, Badger offre à Ethan une occasion qu'il ne peut pas refuser. Une chance de retrouver le travail qu'il aimait tant autrefois… à une différence près.

Cinnamon travaille en indépendante, en tant que gestionnaire de projet, et elle ne compte pas ses heures de bénévolat auprès des chiens auxquels elle porte secours… toutes sortes de chiens. Quand Ethan fait irruption chez son vétérinaire de quartier avec un berger allemand blessé dans les bras, elle découvre une autre âme perdue, à l'image des pauvres chiens qu'elle accompagne.

Ethan sait qu'il s'apprête à franchir un cap dangereux, mais il s'agit de sa mission. Il ne laisse personne, sur le terrain militaire comme ailleurs, faire du mal aux animaux en sa présence. Le pauvre berger allemand a subi bien assez de maltraitance et Ethan redoute que ce chien ne soit que la partie émergée d'un cauchemar qu'il s'apprête à démêler. Mais il a la certitude que cette piste va le conduire dans la bonne direction.

Par-dessus tout, Ethan est farouchement déterminé à sauver un chien en particulier : Sentry, le K9 File n° 01.

B ADGER ENTRA DANS le bureau pour assister à la réunion improvisée, et sourit à ses amis.

— J'ai eu une conversation très inhabituelle et énigmatique ce matin, c'est pour cette raison que nous sommes tous réunis ici.

— Tu vas nous raconter ? demanda Erick en portant une tasse de café chaud à ses lèvres.

— Non, lui va le faire, répondit-il en pointant le mur. J'ai le commandant Glen Cross en ligne.

Il pressa le bouton du téléphone.

— C'est à vous, Commandant. Vous êtes en visio. Que pouvons-nous faire pour vous ?

Le visage sévère du commandant apparut sous leurs yeux.

— Qui est présent avec vous ? Identifiez-vous.

Un par un, les hommes se présentèrent.

Le commandant, un sourire dans la voix, répondit :

— Voilà des noms qui me réchauffent le cœur. J'ai entendu dire que vous avez créé une nouvelle société, Titanium Corp, qui emploie d'autres anciens SEALs dans des situations semblables à la vôtre. Est-ce exact ?

— Oui, c'est exact, fit Badger en balayant du regard les visages attentifs. Y a-t-il quelque chose que nous pouvons faire pour vous aider ?

— Oui, peut-être. Mais seulement si vous êtes disponibles pour vous porter volontaires. C'est une mission malheureusement pas rémunérée. Vous savez combien l'armée est fière de notre programme K9, n'est-ce pas ?

Les hommes acquiescèrent.

— Absolument, dit Geir. Nous avons de bonnes raisons d'être reconnaissants envers ce programme.

Badger ajouta :

— C'est un franc succès. Nous avons travaillé à plusieurs reprises avec des chiens en Afghanistan.

— Nous avions un système de traçage de ces chiens qui quittaient l'armée, enchaîna le commandant, pour faire en sorte qu'ils trouvent de bons foyers. Mais, avec les réductions budgétaires, nous nous sommes retrouvés face à un petit problème.

— Et quel est-il ? l'interrogea Erick. Ces chiens méritent ce qu'il y a de mieux.

— Nous refusons qu'ils soient traités comme ils l'ont été durant la guerre du Vietnam, affirma Jager d'un ton ferme.

— Absolument, confirma le commandant. J'ai ici une douzaine de dossiers K9 concernant des chiens qui ont achevé leur carrière dans la Marine. Cependant, nous avons perdu leur trace. Leurs cas devaient être examinés, car nous souhaitons que nos vétérans, humains comme canins, soient bien traités. Il y a tellement de travail, et nous avons tellement à faire avec d'autres aspects du programme K9, que nous n'avons pas le temps d'enquêter. C'est très difficile, et je ne peux ignorer la détresse de ces chiens.

— Où se trouvent-ils ?

— Un peu partout, précise le commandant. Vous savez que nous avons un système pour leur attribuer des noms, et que tous ces chiens sont tatoués dans un ordre bien précis. J'ai les fiches de renseignements dans leurs dossiers. Le premier a été formé, puis envoyé directement en Afghanistan. Il a été en service actif pendant environ neuf mois. Son maître a sauté sur une bombe artisanale et est reparti chez lui tétraplégique. Le chien est rentré avec lui, pas blessé, mais inapte au service actif. Malheureusement, son maître a trouvé la mort dans un grave accident six mois après son retour. Sa femme n'a pas pu gérer la situation et le chien a été confié à un dresseur, qui lui a trouvé un foyer. Eux se sont ensuite débarrassés du chien parce qu'il avait des problèmes de comportement. Et ainsi de suite. Aujourd'hui, nous ne savons pas où il se trouve.

Les hommes échangèrent des regards sévères.

— Que voulez-vous que nous fassions ? s'enquit prudemment Cade.

— Je me soucie vraiment de ces animaux qui ont servi notre pays, déclara le commandant à voix basse, alors je vous demande de faire tout votre possible pour les localiser, vous assurer qu'ils vivent dans un bon environnement. Mais seulement si vous pouvez le faire de manière bénévole, car nous n'avons absolument pas de budget. Dans le cas contraire, je ferai appel à mes hommes.

— Vous voulez que nous retrouvions les chiens et que nous nous assurions qu'ils vont bien ? demanda Badger.

— C'est nous qui avons créé ces animaux, répondit le

commandant. Nous avons fait d'eux les soldats entraînés qu'ils sont aujourd'hui. La société semble penser que si ces chiens ne sont pas capables de s'entendre avec les gens, la seule solution dans ce cas serait de les abattre. S'il y a une chance de trouver une autre solution, alors j'aimerais que nous l'envisagions d'abord.

Les hommes échangèrent à nouveau des regards.

Jager prit la parole :

— Je suis partant.

Geir hocha la tête.

— Toujours. Un de ces chiens a pris une bombe artisanale pour moi en Afghanistan. Elle a tué son dresseur aussi. Ces animaux méritent les meilleurs soins qu'on puisse leur donner.

— Et nous avons failli à notre mission envers ces douze animaux, continua le commandant. Je ne rejette la faute sur personne, et je ne peux en prendre toute la responsabilité non plus, mais notre nation a laissé tomber ces animaux. Je vous demande de trouver ce qu'il faut pour leur venir en aide.

— Avez-vous des suggestions sur la manière de procéder ? questionna Laszlo. Nous n'avons pas énormément de fonds de notre côté.

— C'est la raison pour laquelle j'ai tardé à vous contacter. Je ne peux pas vous payer… S'il vous faut autre chose…

Badger sourit. Avoir l'aide d'un commandant n'avait pas de prix. Il jeta un coup d'œil aux autres. Ils étaient tout sourire.

— Nous trouverons un moyen, annonça Badger. Je ne peux rien vous promettre quant au délai.

— Parfait, répliqua le commandant. Je vous faxe les fichiers pendant que nous parlons.

Le ronronnement du fax dans le bureau de Badger appuya ses propos.

— Quant aux suggestions sur la façon de les retrouver… Tout ce que nous avons se trouve dans leurs dossiers. Soyez prudents. Assurez-vous qu'ils n'ont besoin de rien. Qu'ils sont en sécurité. Et que les gens qui les entourent le sont aussi.

Les hommes approuvèrent.

— C'est un problème habituel entre les gens et les chiens, expliqua Badger. Les chiens dressés qui ne travaillent plus avec leurs maîtres entraînés eux aussi deviennent confus et frustrés quand on ne leur donne pas d'ordres. Souvent, ils deviennent dangereux.

— Exactement, confirma le commandant. Je ne vois personne d'autre à qui confier ce projet particulier, j'en suis navré. C'est un dossier pourri. C'est uniquement parce que ça me préoccupe que je vous contacte. Si vous avez du concret, j'aimerais avoir un retour de votre part. Vous êtes mon dernier espoir.

Il raccrocha.

Badger souleva une seule feuille de papier sur le dessus du fax qui en imprimait d'autres.

— Il est en train de me transmettre les dossiers des douze chiens dont le nom figure sur cette liste.

— C'est un changement brutal pour ces animaux, fit remarquer Geir. Ces chiens sont incroyablement bien dressés et s'épanouissent dans cet environnement structuré.

— Ils étaient aussi extrêmement attachés à leurs maîtres, et le lien est mutuel, comme avec n'importe quel propriétaire d'animal de compagnie, confirma Jager. Alors où sont les dresseurs et les maîtres-chiens qui ont travaillé avec ces chiens ? N'est-ce pas la principale responsabilité de ces spécialistes qui sont affectés aux K9 au départ ? Dans la plupart des cas, ils deviennent leurs maîtres après le renvoi des chiens, non ?

— Oui, et non, répondit Badger. Tu as bien entendu ce que le commandant nous a expliqué au sujet de ce premier cas. Nous avons un maître-chien devenu propriétaire du chien, qui est rentré chez lui gravement handicapé, puis est mort. Quand on y pense, il est évident que sa femme, une civile, ne peut pas gérer un chien d'assistance, surtout s'il vient d'arriver dans sa famille. Sans compter qu'elle doit gérer son propre deuil. Elle a déménagé, et apparemment, elle ne sait pas à qui le dresseur a donné le chien. Elle était trop heureuse de se débarrasser d'un problème.

— Exactement. Sauf que maintenant, retrouver ce chien pourrait s'avérer être une mission impossible, souligna Geir. Je suis tout de même partant pour essayer.

— Levez la main.

Les sept le firent à l'unanimité.

Badger hocha la tête.

— C'est pour ça que le commandant nous a demandés. Nous ressemblons beaucoup à ces chiens. Nous aussi étions perdus, à bien des égards. Cependant, nous nous sommes relevés et nous nous sommes serré les coudes, comme une équipe. C'est grâce aux autres que nous sommes ce que nous sommes. C'est à nous de retrouver ces chiens et de nous assurer qu'ils vont bien.

— Aucun de nous n'a de formation K9, objecta Geir.

— C'est vrai. Pourquoi ne pas demander à certains des hommes qui travaillent pour nous aujourd'hui ? Il faut trouver lequel d'entre eux a une formation canine, et nous partirons de là.

— Ethan, suggéra Jager. Il joue actuellement du marteau

sur la maison de Geir. C'était un électricien de métier dans l'armée, le genre de type qu'on devrait toujours avoir sous la main. Il est un peu solitaire, comme le reste d'entre nous, mais il a fait un temps à l'unité K9 il y a environ huit ans et a servi avec eux en Afghanistan.

— Ethan ? Il était K9 ? s'étonna Cade. Je ne le savais pas.

— C'est vrai. J'en ai entendu parler, dit Geir, tapotant la table devant lui. C'est aussi un sacré bosseur.

— Oui, effectivement. J'ai parlé avec lui de ce qui s'est passé en Afghanistan. Il n'en dit pas grand-chose, mais je crois que c'est l'accident qui a emporté son chien qui lui a pris sa jambe aussi. Nous devrions commencer par lui, pour voir s'il serait prêt à se charger du premier dossier de chien.

— Le premier dossier ? interrogea Erick, surpris. Tu penses demander à un homme différent de prendre en charge chaque dossier ?

— Ethan pourrait peut-être diriger une division K9 pour la localisation et le repérage, ou au moins, nous donner d'autres pistes pour recruter du personnel K9. Il est possible qu'il connaisse des hommes du métier de retour à la maison qui pourraient s'en charger, dit Talon, qui prenait la parole pour la première fois.

— De toute manière, il a besoin d'un but dans la vie. Nous ne pouvons pas écarter l'idée que ces chiens pourraient être éparpillés aux quatre coins du pays, voire au-delà.

— On ne risque rien à aller lui parler, dit Badger avec un hochement de tête. De mon point de vue, c'est l'homme de la situation, mais il faut qu'il en ait envie.

— Ça me convient, opina Laszlo. J'aime l'idée qu'Ethan prenne tout en main, qu'il soit sur le terrain pour chaque K9 égaré ou qu'il dirige simplement les autres hommes affectés aux dossiers au besoin.

Erik renchérit :

— Ethan est un type bien, même s'il n'est pas facile à aborder. Il est de nature solitaire et il est perdu. Je crois que ce qui lui manque, c'est son partenaire canin. Une fois qu'on fait partie de ce genre d'unité, c'est difficile de s'en détourner.

Il fit une pause pour jeter un œil aux autres.

— Que faisons-nous pour l'argent ? Est-ce qu'on lui en propose ? Non pas que nous ayons grand-chose…

— Appelons Ethan dans la matinée. On lui soumet la proposition et on voit sa réponse.

— Et si on ne lui donnait pas vraiment le choix ? souffla Jager. Comme la plupart d'entre nous, il a appris à recevoir des ordres et à suivre des directives. Je propose qu'on lui dise qu'on cherche un chien, qu'on lui fasse un topo, puis qu'on lui demande d'aller le chercher.

— Pendant son temps libre. Lui aussi doit gagner de l'argent.

Les autres étaient tous d'accord.

Badger sourit.

— Ethan est mieux loti financièrement que la plupart d'entre nous, il a hérité des biens de ses grands-parents. Il se pourrait donc que cet aspect ne soit pas aussi problématique que nous le pensons. En plus, ça pourrait lui redonner la soif de vivre.

— Tout dépend de la façon dont on l'aborde, dit Erick avec un sourire. Comme nous le constatons tous avec les femmes, tout est une question d'approche.

Il sourit en regardant son alliance, et la fit tourner sur son doigt.

— De la même manière qu'eux nous ont surpris, prenons Ethan au dépourvu. Nous savons tous que c'est ce qu'il a vraiment envie de faire.

— C'est possible, fit Jager en opinant du chef. Mais encore une fois, il faut que la décision vienne de lui.

— D'accord, dit Badger en haussant un sourcil, regardant tout le monde acquiescer autour de lui. C'est d'accord pour tout le monde, alors. Ce sera Ethan.

Il récupéra les pages sur le fax, et se mit à rire :

— Voilà qui est encore mieux : ce chien a été perdu au Texas. Sa dernière localisation connue était Houston.

— Parfait, s'esclaffa Cade rit. Au moins, il aura un peu de soutien là-bas avec Levi et ses équipes à proximité.

Le téléphone de Badger sonna. Il décrocha et gloussa.

— Devinez qui c'est ! Timing parfait. Allons lui parler tout de suite.

Le tome 1 est disponible dès aujourd'hui !
Pour en savoir plus, visitez le site web de Dale Mayer.
https://geni.us/DMFREthanUniversal

Note de l'auteure

Merci d'avoir lu *La Grande Révélation, Légion d'acier, tome 8* ! Si vous avez apprécié le livre, merci de prendre un moment pour laisser votre avis.

Chers lecteurs,

J'aime avoir de vos nouvelles, alors n'hésitez pas à me contacter sur mon site web : www.dalemayer.com ou sur ma page d'auteure Facebook. Pour être informés des nouvelles parutions et des offres spéciales, inscrivez-vous à ma newsletter ou suivez-moi sur BookBub. Si vous souhaitez rejoindre mon groupe de lecteurs, voici la page d'inscription sur Facebook.

À bientôt,
Dale Mayer

À propos de l'auteure

Dale Mayer est une auteure de best-sellers au classement de *USA Today*, connue pour ses romances militaires sur les forces spéciales, sa série *Psychic Visions* et sa série *Jolis Jardins Maudits*, dans le genre cozy mystery. Ses romances contemporaines sont vibrantes d'émotion et de passion (série *Broken But... Mending, Hathaway House*). Ses thrillers vous laisseront à bout de souffle (séries *By Death* et *Kate Morgan*) et ses comédies romantiques vous feront rire aux éclats (*It's a Dog's Life*, une novella hors-série, et la série *Broken Protocols* avec Charming Marvin, le chat).

Elle laisse libre cours aux séries qui lui viennent... dont certaines sont carrément folles, enfreignant toutes les règles et croisant différents genres !

En plus de ses romans de fiction, elle écrit également des textes documentaires dans de nombreux domaines, dont la rédaction de CV, le jardinage de loisir et le système de crédit immobilier américain. Elle a récemment publié la série professionnelle *Career Essentials*. Tous ses livres sont disponibles aux formats papier et ebook.

Contactez Dale Mayer en ligne

Site web de Dale – www.dalemayer.com
Twitter – @DaleMayer
Facebook Page – geni.us/DaleMayerFBFanPage
Facebook Group – geni.us/DaleMayerFBGroup
BookBub – geni.us/DaleMayerBookbub
Instagram – geni.us/DaleMayerInstagram
Goodreads – geni.us/DaleMayerGoodreads
Newsletter – geni.us/DaleNews

www.ingramcontent.com/pod-product-compliance
Lightning Source LLC
Chambersburg PA
CBHW070355200726
48294CB00003B/930